2
隣の席の
元アイドルは、
俺のプロデュースが
ないと生きて
いけない

CONTENTS

隣の席の元アイドルは、俺のプロデュースがないと生きていけない2

飴月

ファンタジア文庫

3243

口絵・本文イラスト　美和野らぐ

隣の席の元アイドルは、俺のプロデュースがないと生きていけない2

Author 飴月
Illustrator 美和野らぐ

一・夏の始まり、曖昧な関係性の終わり

七月の中旬。じめっとした夏の暑さのせいで生ぬるい空気が充満した教室の中に、やけに明るい音でチャイムが鳴り響く。

――――いや、俺には明るく聞こえただけかもしれない。

「あ――、やっと終わった…………」

期末試験全教科終了のチャイムを聞き、俺こと柏木《かしわぎ》蓮《れん》は、そのままぐったりと机に突っ伏していた。

何せ、文化祭の空気を引きずることも出来ないまま、すぐにテスト期間に移行したのだ。

文化祭委員として全力を注いでいた俺はもちろん満足に勉強しているわけもなく、毎日ほぼ徹夜に近い状態でどうにか試験範囲の勉強を終えたため、寝不足で疲労困憊《ひろうこんぱい》である。

そんな俺に、頭上からやけに明るい声が降ってきた。

「蓮くん、おつかれさまっ！」

香澄《かすみ》ミル。今年からこのクラスに転校してきた、元国民的アイドルだ。

身にまとう制服はジャケットから半袖の白シャツにきり替わっており、短いスカートからスラッと伸びる脚が眩《まぶ》しい。胸元のリボンも夏仕様となり、白を基調とした爽やかなものに変わっている。

ちなみにだが、わが校の制服は近所でも可愛《かわい》いと評判だ。おかげで眼福である。

「どう？　満足いく出来って感じ？」

「まぁ、そこそこ」

課題を手にニコニコ笑っている香澄。

同じく文化祭委員だった香澄も俺と同じスケジュールをこなしているはずなのに、ボロボロの俺とは違い、今日もキラッキラしている。

素《す》の顔の良さを考慮してもおかしいだろ。体力化け物か⁇

「……流石《さすが》元アイドル」

「えーと、それは多分褒め言葉なんだよね？　有り難《がた》く受け取っとく」

「おう」

これで香澄のすごいところは、実は勉強が出来ないとかそんなわけでもなく、普通に学年上位に入る様な成績を叩《たた》き出してくるところなのだ。

本人曰《いわ》く、アイドル活動が忙しくて勉強が出来なかった、は言い訳になるから言いたくないらしい。

それに、勉強出来るってアイドルやる上でもデメリットないでしょ、とも言っていた。

そんなことを言われると、本当にプロ意識が爪の先や髪の毛一本にまで通っているのではないかと若干怖くもなってくる。

でもそれが、香澄ミルが香澄ミルである理由なのだ。

物事に優劣をつけずに、何ごとにも全力で取り組むカッコよさを知ってしまったからには、俺だって頑張らないわけにもいかない。

そりゃあ、めちゃくちゃ褒め言葉ですよ。尊敬してますよ。

本人には絶対言わないけど。

「じゃあ全身から疲労感が滲《にじ》み出てる蓮くんの代わりに、私が提出物を持って行ってあげよう。特別だよ？」

「まじ？　助かるわ〜、よろしく」

「ふふふ、良いのだよ。ミルは、蓮くんがずっと、他にやりたいことが見つかったからって順位落としたくないって頑張ってたの知ってるもん」

香澄はそう言って、ふわっと微笑《ほほえ》んだ。

「そんな蓮くんがだいす……」

「…………」

「きじゃない」

「え」

てっきりいつもの大好き攻撃が来るのだろう、と思って身構えていたので、つい驚いてしまった。

「違う。違うんだけど違わないっていうか、そうじゃないんだけど、えっとなんて言ったらいいんだろ、待ってね、今なんとか脳内辞書を検索してくるからっ」

「お、おう」

急にテンパりだした香澄につられるように、俺まで顔が赤くなっていく。

――愛してるなんて、初めてなんだから。

数週間前の、香澄の言葉が蘇《よみがえ》る。

あの日から香澄は、どこかおかしい。普通に会話している中で、こうしてたまに言葉を止める時がある。

それは確実にあの日の言葉のせいなのだろうが、ハッキリ聞き出す勇気も出ないまま、俺はいつも香澄がそれっぽい言葉に置き換えるのを待ってしまっている。

じわじわと顔を赤くしながらおでこに手を当てている香澄を薄目で見守っていると、その後ろから声がとんできた。

「あの、お取り込み中申し訳ないんですけど。提出物早く出してもらっていいですか？あと二人だけなので」

「マジか、悪い。テスト終わったら気ぃ抜けちゃって」

ポニーテールを揺らしながらこちらへ歩いてきたのは、久遠琴乃《くおんことの》。このクラスの学級委員長だ。俺と香澄が提出物を差し出すと、琴乃が係のクラスメイトに渡してくれた。

琴乃は琴乃で、今日も優等生な高嶺《たかね》の花らしい、ピシッとした空気をまとっている。

マジでなんなんだ、ボロボロなのは俺だけか？

「もう！　しっかりしてください。柏木くんのことですから、課題が終わってないなんてことはないだろうとは思いましたけど」

「それは買い被《かぶ》りすぎ」

「そんなことないです。私、今回は数学の成績負けませんからね！」

「やめてくれよ！　俺がギリ張り合えてるの、数学だけなんだから」

ていうか、学年一位がそんなこと言うのやめてくれよ。俺がテストに手を抜けないのは、琴乃がそんなこと言うせいでもあるんだからな。

「その争いにすら入れないミルのことも気遣うといいよ、二人とも」

俺たちの会話を聞いていた香澄が、ぷくっと頬を膨らませてこちらを見つめていた。

香澄と目が合った琴乃は、あからさまに動揺しながら口を開く。

「香澄さんはその、存在が満点なので。ほら、用紙に名前を書くだけで国宝に出来る力を持ってますし。良い意味で次元が違うというか」

「急に挙動がおかしくなるんだよなぁ」

限界アイドルオタクちゃん、早口やめて。

推しのいる空間に慣れないのは分かるけど、前期も終わるんだからそろそろ落ち着こうな。お前も何かフォローしろ、とばかりに、シャツの裾をグイグイ引っ張るのはやめてくれ。

「そういや、二人はもう夏休みの予定とか立ててるのか？」

ふと気になったので聞いてみると、香澄は「よくぞ聞いてくれました！」とドヤ顔をかましてきた。

「実は明日、舞菜《まいな》ちゃんたちと隠れ家カフェに行くのです。オシャレなランチセットが話題なんだって。どう？　羨ましい？」

「羨ましいというか……感動してる」

あの香澄が！　友達と！　ランチ⁉

よくここまで辿《たど》り着いてくれたものだ。正直、将来は教育業界を目指そうか、なんて一瞬考えてしまうぐらいの達成感である。

俺が大袈裟《おおげさ》に涙を拭うフリをしていると、隣で琴乃は本当に涙ぐんでいた。ファン心どころか母性本能まで芽生え始めている。落ち着け。

「それは良かったたな。ちゃんと変装して行けよ」

「任せてよ！　こう見えて私、そういうところはしっかりしてるんだから」

若干不安を感じるが、舞菜を信じよう。

アイツなら香澄の危うい言動にしっかりつっこんでくれるし、何より面倒見がいいし。と、そんなことを思いつつ。なんとなく。本当になんとなくだけど、俺以外とも出かけるんだな、なんてことを思ってしまった。

これが子離れする親の感覚なのだろうか。

香澄に俺以外の友人が出来るのは喜ばしいことだ。実際、俺もそれを望んでいた。それが、香澄の最終目標の一つでもあったはずだ。

それなのに、春からずっと一緒にいたからなのか、よく分からない寂しさがある。

「そうだ！　琴乃ちゃんも一緒に行く？」

「私は……用事があるので。今回は遠慮しておきます」

「そっかぁ。残念。夏休み中に、私たち二人だけでどこか遊びに行けたらいいね」

「い、いいんですか⁉」

「いいに決まってるじゃん！」

二人は、何やら楽しそうな話で盛り上がっていた。

琴乃と香澄が仲良くしてるのは、なんていうかこう、分かるというか。楽しそうで良かったな、としか思わないのに。

何故《なぜ》だろう。もしかすると俺は香澄が、俺が全く知らないことで目を輝かせていると思うとモヤモヤするのかもしれない。

香澄は別に、俺のものでも何でもないのに。

広く浅くタイプ極まれりだった俺に、久しぶりに本当に仲の良い友人が出来たから、感覚がバグっているのかもしれない。最初に仲良くなったのは俺だ、なんて何の効力も持たない主張は、今すぐゴミ箱にでも捨てた方がいい。

「どしたの、蓮くん」

ぼーっと二人を見ていたのに気づかれたようだ。

香澄が俺の顔を覗《のぞ》き込んでいた。

「別に何でもないよ。夏休み中も、三人で何回か会えたらいいよなって思ってただけ」

窓を突き抜けて、蟬《せみ》の声が聞こえてくる。

一度しかない高校二年生の夏は、もう始まっている。


待ちに待った夏休み初日。

そんな輝かしい日に、やることはもう決まっている。

「よし、やるか……！」

俺は、目の前に積み上げた映画のＤＶＤを見ながら、意味もなく腕まくりをして意気込んだ。

突然だが、夏休みの過ごし方というのは人の数だけあると思う。

最初に課題を全て片付けるもよし、計画的に片付けるもよし、ギリギリまで遊ぶもよし。

田所《たどころ》や舞菜は典型的なギリギリタイプで、何度泣きつかれたことか。

もう分かっているだろうが、琴乃は計画的タイプで、俺は最初に片付けるタイプである。

俺にとって夏休みは、普段は出来ないようなことを片っ端から試す最高の機会だった。

旅行や天体観測、マリンスポーツなど、時間がある時にしか出来ないことは多い。

それらに集中するために、煩わしいことを最初に全て片付けておくのは俺にとって当たり前のことになっていた。

正直、空いてるスケジュール帳を見ると、何かしなければ、という気持ちになってきて落ち着かないのだ。自分に自信がないから、忙しくしている自分にしか存在意義を感じられないのかもしれない。

両親や琴乃からはレンマグロと呼ばれたこともある。止まったら死ぬ、というところからきたらしい。あながち否定出来ないのが辛《つら》い。

本当なら今日もすごい勢いで課題を片付けるつもりだった——のだが、欲求に抗《あらが》えなかった。この二週間、映画断ちしていたのだ。試験勉強のために。

今まで不本意ながらマグロと呼ばれるような生き方をしてきた俺には、悪い癖がある。これ、と決めたら飽きるまではそればかり考えてしまうし、何よりも優先してしまう。

だから進級のために、課題を先に片付けていた、というのも嘘《うそ》じゃない。

そんなつもりじゃなかったのに、読み始めた本が面白くなってきたからやめられなくなってしまい、寝食を忘れて最後まで読み終わっていた、という説明だと分かってもらえるだろうか。

文化祭までの俺の頭の中は、ずっとそんな感じで。一区切りついたのをいいことに、なんとか映画への、湧き上がって仕方がない気持ちを振り払って試験勉強に集中したのだ。

夏休みに、勉強しろと親にうるさく言われないように。

ということで、夏休み初日、俺は財布だけ持ってレンタルビデオ屋さんに走った。

それはもう宝の山だった。だって一枚二百円ぐらいで借りられるんですよ、すごいよレンタル業界。学生のお財布にも優しくて助かる。

俺は、今までも普通に映画は好きだった。全く映画に触れずに生きてきたわけじゃない。

しかし、だからといって詳しいというわけでもない。

――俺は、もっと映画を好きになりたい。

今でも十分好きだ。熱量もある。でも、それにしては、俺の心はまだ怯《おび》えている。

今回もすぐ飽きるんじゃないのか。あの時は文化祭バフがかかっただけじゃないのか。

香澄とチャレンジ出来るものなら、映画じゃなくてもいいのではないか？

そんな臆病な声を黙らせるために、俺は今、好きになりにいっているのだ。映画を。全身全霊で。

「これ、全部お願いします」

レンタルビデオ屋さんのレジに、選《え》りすぐりのビデオを積み上げる。

どの夏も、苦い記憶がある。ハマるだけハマって、涼しくなる頃には全てやめているような。それは思い返してみれば、自分の知らないことを埋めようと、確かにマグロみたいに、突き進むだけ進んで、その先何になりたいとか、どうしたいかなんて考えたことはなかった。

映画を見る。それはきっと、傍《はた》から見たらただの消費活動で、今までと何が違うのだと言うだろう。ハマった漫画も、ゲームも、消費しきったらすぐ次へ。そんな生活を繰り返して生きてきたことは、誰よりも俺が一番分かっている。

色とりどりのパッケージやあらすじを眺めるのは、ただひたすら楽しかった。

でも、ビデオを選んでいる最中、ずっと頭にこびりついていたものがあって。

今はまだ上手《うま》く言語化出来ないそれはきっと、この映画を見終わった時の俺が、言葉にしてくれるだろう予感があった。

その時の俺にしか答えを出せないものなのだろう、と。

「…………やーばい、止まらん」

深夜二時。エナジードリンクを片手に、俺は吸い込まれるようにテレビを見つめていた。

ぢゅ――っと絶妙に柑橘《かんきつ》系っぽい味のする飲み物をすする。命の前借り上等だ。

両親は出張中なので、怯えることもなく摂取出来る。

お腹《なか》が空いて、空いて、もはや何も感じない状態になっている。それでもエナジードリンクのおかげで頭は冴《さ》えきっていて、ドーパミンがジュパジュパ作られているのを感じる。

「楽しい」

そう、あまりにも楽しい。全身がドキドキしている。早く続きが知りたいと訴えてくる。ただひたすらにワクワクしている。

「……次で最後にする」

俺はボソッと呟《つぶや》いて、ディスクを差し替え始めた。

絶対、絶対だ。次で止《や》める。流石《さすが》に寝る。

「あのさぁ本当にさぁ、俺ってさぁ」

結局寝たのは、借りてきたＤＶＤを全て見終わった、四日目の昼だった。

気づいたらＤＶＤがラスト一枚になってた俺の気持ちが分かるか？

こんなことを言ったら、香澄はきっと「うんうん分かるよ」と当たり前みたいな顔をしていて、琴乃は「どうして止められないんですか？」とゴミを見るような目で見られることだろう。

俺はそんなことを想像しつつ、寝る前にボロボロの意識の中で書き殴ったのであろうメモ帳を見てクスリと笑ってしまった。
・俺だったらあのシーンは最後に回す
・台所のシーンの意味は何だ？
・ラストは面白かった！　悔しい‼
「プロの監督相手に悔しいとか、おこがましすぎるわ」

でも、そうだな。そうだよな。

俺は全て映画を見終わったあと、ちゃんと悔しかった。

いや、見ている最中も悔しかった。

最初はただ面白いって、それだけ。でも最後の方はずっと、どうして俺はあちら側《作る側》じゃないのだろうと思っていた。

自分だったらどうするか。そればかり考えていた。

俺は一度メモ帳を自分の部屋に持ち帰り、リビングに引き返して散乱したＤＶＤを拾い集める。明日、これを全部返しに行く。どれも面白かった。

でも、多分、新しく映画を借りることはないだろう。

「やっぱり俺は、作りたいんだ」

こちら側《見ている側》じゃ、物足りない。

ようやく睡眠が取れたせいか、やけに頭がスッキリしている。

別に将来映画監督になりたいとか、そういうわけじゃない。今はまだ。

進路の話がつきまとう年齢にもなって甘いだろうが。趣味だとか仕事だとかそういう話ではないのだ。

ただ、やってみたい。

純粋にそう思った気持ちのまま。早く何かしたいと焦《じ》らされるように心臓が動き出した俺は、少し考えた後、ＬＩＭＥを開いた。

そして、【文化祭ファイターズ】とかいう適当な名前のまま使われていた、琴乃と香澄と俺、三人のグループＬＩＭＥに連絡を入れる。

『明日、集まれたりしない？』


翌日。穏やかな昼下がりに、ピンポーンとチャイムが鳴った。

「はーい」

インターホンに出ると、そこには笑顔でふりふりと手を振る二人がいる。

若干画質が悪いが、ゴリゴリの変装をし、薄ピンクのワンピースを着て笑っているのが香澄で、水色のシャツワンピを身に纏《まと》い、緊張したように口を固く結んでいるのが琴乃だろう。

「も――、蓮くんたら。こんな暑い日に、しかも急にミルたちを呼び出すなんて高くつくよ？」

「暑かったです、外。溶けそうなぐらい暑かったです」

ドアを開けて開口一番にこれである。

俺は慌ててクーラーの効いた部屋に案内し、クッションを出して冷蔵庫へ向かった。

そして、昨日時間を持て余して作ったものと飲み物を用意する。

「ごめんって。今日こんな暑くなるとは思わなくてさ」

「三十八度とか地球運営ちゃんとして欲しいよね～」

「あ、ところでご両親とかって……」

「今日まで出張。だから寛《くつろ》いでくれて大丈夫」

「だからって遠慮なく、とはいきませんけど。お言葉に甘えちゃおっと」

琴乃はようやく力を抜いて、ペタンとクッションに座る。なお、香澄は最初から座っていた。よほど暑かったのか、まるで溶けたアイスのようにだらんと座り込んでいる。

「これ、プリン。昨日ネットで色々買い込んでお金ないから俺の手作りだけど」

「え！　すごい!!」

「いいんですか⁉　ありがとうございます！」

　材料費、しめて二百円。プリンをキラキラした目で眺めている二人は、さっきまでの暑そうな様子なんて一瞬で忘れたように笑顔になった。意外と安くついたな。

「すご、売り物みたい。っていうか蓮くんの多趣味さに若干引いてる部分もある」

「活《い》きてますね、過去の経験が。私としては、ずっと料理にハマってて欲しかったです」

「もしや蓮くん、料理男子？」

「いや、全然そこまでじゃないよ。家庭料理とかはてんでダメ。俺はスイーツ専門です」

　何せ分量キッチリ人間なもので、塩少々とか、砂糖一つまみだとか書いてある家庭向けレシピは苦手なのである。

「ちなみに何で目覚めたの？」

「おやつ代節約と好奇心？」

「よくそこの費用を削減しようと思いましたね。私みたいな不器用からすると、スイーツは買うものでしかないですよ。あ。そういえば、そこまでして節約して買ってたギターは今どこに……」

　スッと目を逸《そ》らした。触れないでください。

　スイーツ作りの腕が残っただけ得るものがあった、そう言ってください。

「とにかく！　そんなことは置いといて」

俺は無理やり話題を変え、今朝家に届き、ダンボール箱に入れたままにしていたネットショッピングの産物を見せた。

「何ですか、これ？」

「これが三脚で、こっちが魚眼レンズ。この数日、映画いっぱい見ててさ。やっぱいいなって。止まんないなって思ったら衝動買いしちゃったんだよ」

後悔はしてない。したくない。機材も時間もやる気もあって、あとは撮るだけだ。

そこまで揃《そろ》えて、二人の顔が頭に浮かんだ。一人でも出来る。だけど、背中を押してもらいたいとか、やっぱりちょっと怖いとか。そんな甘えた思いが少し。

そして、それを優に上回る強さで、この二人とだから挑戦したい、という思いがあった。

「あの、マジでもし良ければなんだけど。っていうか、忙しいのは百も承知なんだけど。あの、なんなら昼飯とか奢《おご》るし、やれと言われれば課題の手伝いも……」

「ごちゃごちゃ言ってないで早く本題に入ってください。変に遠慮されると、信用ないみたいで逆にムカつきます」

「そうだよ。そもそも文化祭一緒に乗り越えてるんだから、蓮くんが何言いたいかはもう分かってるに決まってんじゃん。ただ、ちゃんと蓮くんから聞きたいってだけ！」

二人の表情に、涙が込み上げそうになって、言葉が詰まった。

「っ……夏休み、映画、撮りたいんですけど。協力してもらえませんでしょうか！」

「ふふ。いーよ。蓮くん監督がどうしてもって言うなら、仕方ないよねぇ」

「ですね。私は夏期講習がない日だけになりそうですけど、それでも良ければ」

「ぜんっぜん大丈夫です。ほんとにほんとにありがとう。天才。マジ愛してる！」

良かった。本当に良かった。

いや、マジでこれだけが気掛かりだったんですよ。二人なら手伝ってくれるだろうとは思っていても、最悪一人で全部やりきる覚悟は決めてたし。

とはいえ、一人の限界は痛いほど知っているわけで。

二人の手を握り、ブンブンと力一杯感謝を伝えたが、どうにも二人の反応は悪かった。

「……そんなことで愛されてもなぁ」

「柏木くんの愛って軽いんですね」

「え、なんで俺そんなに怒られてんの」

そう尋ねても、二人には知らんぷりされた。女子って難しいな。

いや、女子だけじゃなくて人間関係全般が難しいよな。深い。

「ところで、蓮くんは映画を撮って、そのあとどうするとかもう決めてるの？」

「そのあと、というと」

「ほら、コンテストに応募する、とか。目標的な」

「そこまでは、その………まだです」

「だよね。だと思って、ミルちゃんが君にピッタリな目標を見つけてきました！　と言っても、WEB広告でたまたま流れてきただけなんだけど」

香澄はそう言ってスマホを取り出し、こちらに見せてくる。

「U《アンダー》二十二・フィルムコンテスト？」

「そう！　映像サブスク系の会社のコンテストなんだけど、ジャンル不問のショートフィルムを募集してるの。締切《しめきり》は九月の頭だから、夏休みに撮り終われたらちょうど間に合うし。選考を勝ち抜いて受賞したら、実際にそのサービスで配信してもらえるんだって！」

「なるほど。参加資格も二十二歳以下って書いてありますし、学生向けならまだ勝ち目もありそうですね」

「ね。賞金ももらえるし、そしたら機材とかもっと色々揃えられるし！　……どうかな？」

香澄の、大きくてキラキラした、宝石のような瞳がこちらを向く。

俺はその瞳から目を逸らしそうになって、なんとか見つめ返した。

琴乃の、気遣う様な視線も肌に突き刺さる。

俺が何を考えていたのか、気づかれたみたいだ。

勝ち目がありそう。賞金がもらえる。

二人の発言は完全に、俺が賞を取るものと信じて疑っていなかった。

それが嬉《うれ》しくて、でも同時に不安で。だからって、始める前から逃げ腰で取り組んだって、何にもならないってことは知っている。

「ミルがいるよ」

香澄は、俺の言葉を先回りするように、そう言って強気に笑った。

「多分顔出しは出来ないけど、アイドル時代に演技の経験はあるから力になれると思う。ミルだけじゃなくて、しっかり者の琴乃ちゃんもいるし。文化祭での経験も反省もあるしさ、時間もある。そんなの負けるわけなくない？」

きっと香澄も、俺の気持ちに気づいていたのだろう。それでも、知らないフリをしてくれている。俺が強気の言葉を返せるように。

「当たり前だろ。絶対受賞しよう。ていうか、する！」

少し震えていただろう俺の声に、二人は勢いよく賛成の声を上げてくれた。

窓から差し込んできた日差しが眩しい。

俺は、柄にもなく高鳴っている心臓をうっすら汗ばんだシャツの上から押さえ、二人と過ごす夏休みへの期待に意識を馳《は》せた。


その日の夜。

「もしもし琴乃～？」

「なんですか、今ふゆちゃんの音楽番組リアタイで忙しいんですけど」

そのわりにはすぐ電話に出てくれたあたりに、琴乃の優しさが詰まっている。

中学から五年目の友情は伊達《だて》ではない。

「くくっ……」

「本当になんなんですか⁉」

「いやなんでも」

俺は嬉しくて思わず笑ってしまった顔を押さえ、本題に入った。

「あのさ、明後日《あさって》って空いてる？」

「めちゃくちゃ急ですね。逆に空いてると思います？」

「思うね。だって夏休み初週はいつも課題やるために空けてるだろ？」

「…………空けてますけど。それを分かってて予定入れさせようとしてるの、控えめに言って最低ですよ」

「数学の課題全面協力しますんで」

「そういうことなら、まぁ話だけなら聞いてあげますけど」

第一関門クリア。自分でも最低なことを言っているのは分かっているが、俺も譲れないのだ。

「琴乃、野外シネマって知ってる？」

「いえ。初めて聞きました」

「俺もさっき初めて知ったんだけど、室内じゃなくて屋外で開催されるシアターイベントのことなんだって。んで、もし良ければ一緒に行って欲しいなって」

「……どこでやるんです？」

「学校からバスで三十分ぐらいのとこにある山。ほら、星が綺麗《きれい》に見えるって有名なとこあるじゃん？」

「あぁ。ゴンドラのあるところですよね？」

「そうそう。そこで、ちょうどその日までショートフィルム・フェスティバルやってるんだよ。だから参考になるかなって」

「だから強引に日にち決めたんですね？　……そういうことなら、いいですよ。行きます。私も、新作の脚本書くために勉強したかったですし」

琴乃には今回も脚本を頼ませてもらった。元々勉強熱心なのは知っていたが、そんな風に言ってもらえると、申し訳なさを超えて嬉しさが勝ってしまう。

「うっわー、マジありがとう。ちなみに、『星空の下の映画館』って検索したら出るから調べてみて」

「分かりました……って、それ泊まりになりません？」

「夜九時までゴンドラあるし、地元だからギリ帰って来られるはず！　夏だから最近明るい時間長いし、ちょっと心配だけど」

「なら大丈夫です。九時なら塾で自習してたって言えばどうにかなるでしょうし。あ、でも香澄さんは一人暮らしだし、九時解散は危なくないですか？」

「え？　香澄は誘ってないから二人だけど」

「……え？　ッゲホ、ゴホッ」

スマホの向こうで盛大にむせる音がしたあとに、フッとミュートになって音声が消える。

「大丈夫か⁉」

「ぜ、んぜんへいき、ですけど」

不安になって声をかけると、少しした後にミュートがオフになり、弱々しい声が返ってきた。

声に力がない。そんなに香澄が来ないということがショックだったのだろうか。

推しとの遠出チャンスを逃させてしまったことは申し訳ないが、俺にも理由がある。

まず第一に、これは文化祭で散々迷惑をかけたことのお詫《わ》びも含んでいること。

勉強になると思って誘ったのは本当だが、文化祭から期末試験まで気を張りっぱなしの琴乃に、綺麗な星空を見てリラックスして欲しいと思ったというのが一番の理由なのだ。

そこに香澄がいたら、また何かと琴乃が気を遣ってしまいそうなので、今回は誘わないでおいた。もちろん費用は全部俺が持つつもりである。去年バイトしていた時のお金を使い切っていなくて助かった。

ちなみに、俺が最近少し香澄とぎこちないから、というのもある。

もし星空の下で二人きりになることがあったとしたら、自分が何を口走るか分からないから怖いのだ。

そんなことを気にしていては、琴乃へのお礼&映画の勉強どころではない。

以上の理由から、今回は琴乃しか誘っていないのだが――――。

「あ――、でも、俺と二人で気まずいとかなら全然断ってくれても」

「だっ、大丈夫です！　香澄さんも来ると思ってたからちょっとビックリしただけで。第一、既に二人で映画見に行ってるんですから、気まずいわけないじゃないですか」

そうだよな、と返事をしつつ、琴乃と映画を見に行った時のことを思い出す。

――それに私も、両親にデートのことを話すぐらい馬鹿じゃないです。

「ッ…………」

「どうかしましたか？」

「ん、いや何も。じゃあ、詳細はＬＩＭＥするわ」

「分かりました。あっ、そろそろcider《サイダー》×ciderの出番なので切りますね」

「オッケー、楽しんで」

「ふふっ。もちろん。じゃあ、また明日」

電話を切ったあと、俺はぼーっと、そのまま琴乃のＬＩＭＥアイコンを見つめる。

琴乃らしい、雪の結晶がモチーフになったアイコンを。

「いや、あれは友情的なやつって言ってたもんなぁ」

勘違いはイタイし、痛い。

そんなことを分かっていつつも、忙しさでフタをしていた記憶を思い出してしまった俺は、布団《ふとん》に潜ってジタバタと気を紛らわせた。

二．星空の下でも『良い子』でいられたら

午前七時半。目覚まし時計通りの時間に起き、支度をして待ち合わせ場所へ。

スマホで下調べをしながら琴乃《ことの》を待っていると、五、六分後に、オシャレな白Tと黒いミニスカート姿の、清楚《せいそ》でありながらもスポーティな装《よそお》いの美少女が遠くに見えた。

俺の姿を見つけた美少女こと琴乃は、ポニーテールを揺らして、小走りでこちらへ向かってくる。

「おはよ。俺もさっき来たばっかだから走らなくてもいいのに」

「いえ。お待たせするのは申し訳ないですから」

「いやいや、まだ約束の十分前だから。にしても、俺が琴乃を待つ立場になれる日が来るとは思ってなかったわ」

今日は奇跡的に俺の方が早かったが、いつもは完全に立場が逆なのだ。約束に間に合うようにダッシュするのは俺の得意技である。

「……めちゃくちゃ、悔しいです」

「負けず嫌いか」

「いえ。単に、待ってる時間が好きで。どんな服着てくるかな、とか色々想像して、自分の心を落ち着ける時間が好き。その方が、そのあと上手《うま》く話せますし、実際会った時にドキドキしなくても済むしっ」

「なるほど」

「油断しました。違うんです。寝坊したとかじゃなくて、その、前日から用意してた服がなんか違う気がして着替えてたらこの時間になっただけで、というかこんな話したいわけじゃないんですけどっ！」

なるほど、確かに上手く話せてはいない。というか、テンパっているのか、いつになく早口で、黙ったら死んでしまうとばかりに言葉を継いでいる。

琴乃はいつも落ち着いて話すイメージがあったが、上手く話せる、と言っているということは、普段のあれは散々シミュレーションをしたあとなのだろうか。

「なんか」

「……はい。私らしくないですよね」

「いや。可愛《かわい》いなって」

「はい⁉」

「可愛い。委員長の仮面、ボロボロで」

そう言うと、琴乃は信じられないものを見るような顔で俺を見た後、ポカリと背中を殴りつけた。

「うるさい。柏木《かしわぎ》くん、きらいです」

「そりゃどーも」

「どーもじゃないですっ！　私はディスってるんですよ！」

「はいはい」

「はいはい⁉」

「ほら、行くぞ。ここで長話してたら早朝集合の意味ないし」

ぐぬぬ、という顔をした後に、琴乃はオシャレな肩がけバッグからメモ帳を取り出した。

「大丈夫です。次のゴンドラが来るのは三十分なので、次のバスで全然間に合いますよ」

「サンキュ。ってかなんだそれ」

メモ帳を覗《のぞ》き込むと、そこには綺麗《きれい》な字で、時刻表やメニューの名前が書かれていた。

「これは今日のスケジュールとか、やりたいこととか書いたやつです！　ゴンドラの時間とか、フードワゴンで食べたい限定メニューとか……って、もしかして柏木くん、子供っぽいって思ってます?」

「全然?　新鮮で面白いけど」

特に、お嬢様のくせにガッツリ系メニューに二重線引いてるところとか。

そうだよな、いっぱい食べような。

そういう意味を込めてうんうんと頷《うなず》くと、琴乃は俯《うつむ》いて、小さく口を開いた。

「……どうせ私は、委員長っぽく振る舞ってるだけですよぅ」

その言葉になんて返すか迷っているうちに目当てのバスがやってきたので、結局俺は、聞こえなかったフリでやり過ごしてしまった。


夏休みの計画の話をしていると、大型の観覧車の様なゴンドラに乗り込むまではあっという間だった。

「ゴンドラって乗ってるだけでワクワクしません?」

「分かる。そうそう乗る機会もないしさ、窓からの景色いいし」

「ですよね!　ふふ〜〜、待ってろフードワゴン!」

そっちなんだ、琴乃さんのメイン。星空じゃないんだ。と、それは一旦置いておいて。

まるで中学の頃のようなあどけない顔ではしゃいでいる琴乃を見ていると、もう既に、誘って良かったなぁと思えた。

だんだん地上から遠ざかる様子を見ていると、気がついたら山の上に着いていた。

この調子なら帰りもわりかしすんなり帰れそうである。

「ゴンドラのドアが開いたら、せーので空気吸い込もうぜ。絶対空気美味《おい》しいって」

「いいですね、やりましょう！」

「お、もう開きそう。じゃあ、せーの！」

すぅ、と胸いっぱいに空気を吸い込む。

「……あんまり変わりませんね。というか、バーベキューソースの匂いがします」

「あはは。確かに。朝ご飯食べてきたのに腹減ってきたわ」

フードワゴンの影響力、恐るべし。

俺たちは顔を見合わせた後、すぐにバーベキュー串を売っているフードワゴンに直行した。早朝ということと、俺たちは夏休みだが普通に平日だということもあり、全体的に人が少ない。そのおかげで、今日は存分に楽しめそうである。

ハフハフとバーベキュー串を食べ終わった後、俺たちは、キャンドル作りに植物の寄せ植え、射的などの出店コーナーと、ほとんどのお店を回りきった。

その中でも一番楽しかったのはビーズアクセサリー作りである。

俺たちはビーズブレスレット作りにチャレンジしたのだが、何も言っていないのに、お互いがお互いにプレゼントする前提で作っていて、そのことを知った時は思わず笑ってしまった。

ちなみに、俺が作ったのは赤をベースに白い星のビーズを挟んだもので、店で売っていたものよりも多少不恰好《ぶかっこう》なそれは、琴乃の華奢《きゃしゃ》な手首で揺れている。

一方、琴乃がくれたそれは、俺の右手首にピッタリはまっていた。オレンジと白のシンプルな、そのブレスレットは、涙目になりながら作っていたのが納得出来るぐらい不恰好だったが、俺はとても気に入っている。

しかし、店員さんにカップルだと勘違いされた時はドキリとしてしまった。

しかも、琴乃が「そうなんです」なんてしれっと肯定するからもうキャパオーバーだ。

そのあと本人にそれとなく聞くと、「カップル割が使えて良かったじゃないですか」なんてサラッと言われたので、ドギマギしていた俺の純情さに謝って欲しい。マジで。

かと思えば、ずっと欲しかった宝物が手に入ったみたいな顔でブレスレットを見つめながら「一生大事にします」とか言うし。

香澄《かすみ》が落ち着いたかと思えば、次のあざと罪人枠は琴乃とか笑えない。

それから散々はしゃぎ回り、フードワゴンでカレーを買って夜ご飯をすませ、椅子に座りながら駄弁《だべ》っていると、段々と空が暗くなってきた。

山のてっぺんまで来た甲斐《かい》もあり、普段よりも星が綺麗に見える。満天の星、と表すしかないほど見事なそれは、キラキラと眩《まばゆ》くて、なんとなく香澄を思い出した。

「柏木くん！　あれがデネブで、あれがアルタイルじゃないですか？　すっごく綺麗に見える！」

琴乃は、メモ帳を調べながら楽しそうに空を指差している。

「夏の大三角だっけ。あとはベガさえ見つければ完璧だな」

「なかなか詳しいじゃないですか。やりますね」

「ハードル低くて助かったわ。っと、そろそろじゃないか？」

目の前にある大きなスクリーンがぼぉっと光りだしたので、慌てて口をつぐむ。

すると、少しした後、映画が始まった。

今日上映される予定のショートフィルムは、三十分ほどの恋愛ものだった。

『恋人っていうのは、あなたに胸の鼓動を聴かせてくれる人のことだよ』

ところどころ入る印象的なセリフが、やけにエモくて、面白い。

さらに、カメラワークにカットの仕方、こちら側を楽しませる展開の流れなど勉強になることばかりで、最初はメモを取ってばかりだったのだが。

――――ある瞬間を境に、映画が目に入らなくなってしまった。

「…………………ッ」

楽しんでくれているだろうか、とふと横に座っている琴乃を見たのだ。

琴乃は、泣いていた。声も出さないで。

目を大きく開いたまま、つぅ、と涙が真っ白な頬を伝う。その様子を俺が見ていても、全く気がつかない。どうやら本当に、映画に釘付《くぎづ》けになっているらしい。

画面はちょうど、彼女を死なせないように、漁港をひた走る主人公を映していた。まさにクライマックスだ。

それなのに俺は、間接照明の暖色に照らされ、のめり込むようにスクリーンを見つめる琴乃ばかり見つめていて。可愛い、というよりも、綺麗だ、と思ってしまう。同級生に、しかも五年来の友人を綺麗だと思ったなんて、恥ずかしくて脳内でも言葉に起こしたくなかったのだけれど。その何とも言えない表情に惹《ひ》かれると同時に、俺もこんな表情を引き出せる作品を作ろうと思った。

作らなければ、ならないと思った。

「なんか、すごかったな」

「…………はい。すごかった、です」

言葉も出なくなるような作品を見た後に、時間が遅いからすぐ帰ろうだなんて言い出せる空気でもなく。俺たちはその余韻を共有するように、ポツリポツリと感想を話しながら、ぼぉっと星空を見つめていた。

「特にあそこが良かったですよね」

「どこ？　待って、せーので言おう。せーの」

「最後の二人で海に飛び込むシーンですね」

「中盤の街に行くシーン……いや違うんかい」

「あはは。合うわけないじゃないですか。私と柏木くんって、なんでこんなにずっと仲良いのか不思議なぐらい、感性真逆なんですから。好きなものだって一つも被《かぶ》ってないですし」

確かに、言われてみるとそうかもしれない。

「でも、なんか話してると楽しいんだよな」

「……私と話してて楽しいなんて言うの、柏木くんぐらいですよ」

琴乃はそう言って、瞳の中に星を映せるほど上を向いた。

「私、自分で言うのもあれですけど、真面目に生きてるので。今まで、慕われてるなっていうのはあっても、仲良くなれる人はいなかったんです。優等生ですごいと思うけど、友達とは違う、みたいな。微妙に一線引かれてて、グループを組む時は一人にならなくても、移動教室とかはずっと一人でした」

「そうだっけ」

「そうですよ。でも、柏木くんは私と真逆なのに、その一線を引かなかったんです。というより、わざわざその一線を越えてきてくれたんです。私じゃなくても、友達いっぱいいるのに。だから私、嬉しくて嬉しくて」

琴乃はそう言って、星に手を伸ばすように手を上に伸ばす。

「まるで、わざわざここまで降りてきてくれたみたいだった。しかも、柏木くんはどこかに行かないと死んじゃいそうな生き方してるのに、私の窮屈な生き方を否定しなかったんです。そういうところが、私は」

そして、そのままスッと手を下ろした。

「好ましいと思ってます」

「………それは、ありがとう」

「柏木くんは、いつもそうですね」

「え？」

「なんでもないです」

それから琴乃は、お淑《しと》やかに立ち上がり、俺に背を向けてゴンドラの方を向く。

「そろそろ帰りましょうか」

この時、琴乃がどんな表情で話していたかは、ずっと見えないままだった。


帰りのゴンドラでは、お互い何も言わずに、或《ある》いは言葉を探して、黙って星空を見上げていた。行きも意外と一瞬だと思ったが、帰りはもっと一瞬だったようだ。

気づけば俺たちは、今朝、集合場所にした駅まで戻ってきていた。

「ほんとに家まで送らなくていいのか？」

「はい。父にバレたら怒られちゃいますから。私、今日は塾で一日中ずっと自習してたことにしてるので」

琴乃は、正直に言う、という選択肢を諦めきったようにそう言うと、小さく口を開く。

「あの。最後に一ついいですか？」

「なに？」

「さっき見た映画の中で、一番記憶に残ったセリフがどこだったか、せーので言い合いましょうよ」

「いいな、それ」

と、いうことなので。俺は息を吸い込んで、「せーの」と言った。

「恋人っていうのは、あなたに胸の鼓動を聴かせてくれる人のこと………」

「誰かを喜ばせるために自分の人生を諦めるなんてつまらな………っ間違えました」

「いや間違いではないだろ。別にどっちが正解とかないし。やっぱり違ったけども」

「………そう、ですね。私たち、やっぱり違いましたね」

琴乃は、残念です、と笑って俺に背を向けた。

「じゃあ、また」

その時揺れていた、俺の作ったブレスレットの真っ白な花は、空で輝いていた星のように小さく瞬《またた》いていた。

Side：久遠《くおん》琴乃

――――――誰かを喜ばせるために自分の人生を諦めるなんてつまらない。

分かっている。分かっていて私は、変われないまま、つまらない人生を生きている。

「……ただいま戻りました」

門をくぐり、玄関まで歩く。敷地《しきち》内に無駄に広い庭があるせいで、絶妙に玄関まで遠いのは、ぶっちゃけ面倒だ。三十秒ほど歩き、ようやく玄関をくぐる。

大理石で出来た真っ白な玄関に、父の黒い革靴が並んでいるのを見て、溜《た》め息を吐《つ》いた。

リビングに繋がっている扉が開いた。普段あれだけ放任主義のくせに、これだけ遅く帰ってくると気になるらしい。

「遅かったな。二年の段階でそんなに苦戦するような問題があるのか」

「いいえ。キリのいいところまでやっていたら時間がかかっただけです」

「そうか。それにしても最近、帰ってくるのが遅くなったな。お前ももう受験まであと一年なんだぞ。まさか悪い友達と繋がってるんじゃないだろうな。それとも何か他に……」

「なんでも、ないです。本当に。勉強で、疲れてるので。では」

言い逃げするように一息でそう言って、自分の部屋に飛び込んだ。

そして、自分の中で確かめるように、口の中で呟《つぶや》いた。

「……あーあ。さっきまで、柏木くんが私の手が届く距離にいたのに」

現実とのギャップを埋める。身体《からだ》に染《し》み込ませるように。

父も母も『私』に興味なんてないくせに、『自分の娘』になったら急に心配になるらしい。自分の娘は、頭が良くて、大人しくて、二人に都合のいい友達だけと仲良くして、何でも言うことを聞くとでも思っているのだろうか。

…………思ってるんだろうな。だって失望されないために、必要とされるために、今までずっと、そうやって生きてきたし。

小さい頃からあまり自己表現が上手くなかった。黙っているうちに周りのみんなだけで話し合って、意見がまとまっていって、気づいたら私の居場所はそこになくなっていた。

「琴乃ちゃんもそれでいいでしょ？」

うん。その言葉に頷くだけ。両親の英才教育のおかげで、かろうじて頭が良かったから、私は周りに「大人っぽくて優しい子」と判断された。

違うよ。私、上手く喋《しゃべ》れないだけだよ。ただニコニコしてたいわけじゃない。大人しくて落ち着いてるわけでもなんでもない。

私、勉強だけの女の子じゃないの。大して優しくもないいんだよ。結構自己中だし。譲れないぐらい好きなものだってほんとはあるの。アイドルが好き。

だから私も、みんなと同じように――――。

「琴乃は手がかからなくて助かるわ」

「流石《さすが》俺たちの子だ。将来は跡を継がせてもいいかもしれないな」

「すごいよね、琴乃ちゃんって。週六で習い事してるんだっけ？　私には絶対ムリ！」

「え、久遠さんも今日の放課後遊べるの⁉　あ――、でもつまんないと思うよ？　みんなガサツだし、怪我《けが》とかさせちゃったら責任取れないし」

「そうだよ。琴乃ちゃんはそんなことしなくていいの。琴乃ちゃんはお嬢様なんだから！も――、無理に誘ったんでしょ。気、遣わせちゃったじゃん」

気づいた時には、もうどうにもならなくなっていた。

本当の私は、なんて思っていたのは私だけだった。

親が私に怒らないのは役割をこなせているから。友達が何の意見も言わない私のそばにいてくれるのは、『お嬢様で優等生の友達』として、その方が都合がいいから。

向いてないことを無理してやらなくてもいいよ。みんな私にそう言う。

本当に私がやりたいことが向いてないなら、もう私はどうしたらいいの。

何なら向いてるの？

「琴乃は優等生だもんね。根っからの委員長タイプって感じ」

その瞬間、私の心の中で、痩せ細っていた何かがペキン、と折れた音がした。

「……はい」

もう私、それでいいです。

与えられた役をちゃんとやります。だから、嫌われたくない。一人になりたくない。失望しないで。いらないって言わないで。私から目を逸《そ》らさないで。

その日から私は、ちゃんと『委員長』をこなすことにした。

「だって琴乃は良い子だもんね」

この言葉はまるで呪いみたいに、心臓の奥深くに突き刺さって、血液に溶けこんでは私の体内を巡っている。

そんな私の、まるで知っている映画を繰り返し上映し続けているみたいな毎日が変わり出したのは、柏木くんに出会ってからだった。

ファストフードなんて初めて食べた。初めて先生に文句を言った。初めて門限を破った。

本音で話す相手が出来た。私の趣味の話も、楽しそうに聞いてくれた。

私が『委員長』の枠を外れても、だからどうしたって顔で、笑ってくれた。

柏木くんのせいで私は、地中深くに埋めたはずの私を、また掘り返しに行ってしまった。

彼と話していると、私って本当はこんなことを思っていたのか、と気づかされることばかりで。

痛いぐらいに、本当の自分を思い知らされる。

「香澄さんなんて転校して来なければ良かったのに……」

私、ちっとも良い子なんかじゃない。

そんなことを思って、私は疲れた身体を引きずって学習机の前に座る。そして机の引き出しを開け、パラパラと文化祭一週間前の時に書いた日記のページを開いた。

――嫌い。香澄さんは、私にないものを全て持っている、憧れを詰め込んだような女の子だ。どうしても同じ人間だと思えない。話してるとどんどん惨《みじ》めになる。もう何もかも持ってるんだから、柏木くんまで欲しがらないで。お願いだから連れて行かないで。

どうしてみるふぃーは、クラスメイトになってしまったんだろう。

同じクラスの香澄さんに、なってしまったんだろう。

アイドルだった時はあんなに純粋に憧れて、何も考えずに可愛《かわい》いと言えていたのに、今ではすんなり可愛いと口に出すことすら難しくなってしまった。

「これ以上、汚したくないのに」

既に涙で何度もふやけては乾いたせいで、パリパリになっているノートの表面に、ボタボタとまた水滴が落ちた。

努力じゃどうにもならないことがあると、知っている。だってこんな被害者面をしたって、悪いのは心の奥底から『良い子』になれない私なのだ。

友達が出来なかったのは私がつまらない人間だからだし、両親の仲が悪いのは私が上手く繋ぎ止められていないからで、大して出来ることもないのにのうのうと生きているのは、何にも向いていないのに生まれてきてしまったからだ。

だから、少しでもマシにならないといけない。

それならせめて『良い子』の皮ぐらい、上手く被れるようにならないといけない。

『四月十五日（月）

学級目標を決める会で上手くまとめられなかった。みんなの前で話す時は未《いま》だに緊張してしまう。委員長をやれない私に価値なんてないのに。』

『七月三日（水）

クラスメイトに遊びに行こうと誘われたけれど、教室の外でも楽しく話せる自信がなくて断ってしまった。塾が忙しいと言うと、大変だね、と同情してくれた。一度断っておけば、いつ誘われなくなっても惨めじゃなくなる。そう考えれば、断って正解だったかもしれない。塾に通っていて良かった、と初めて思った。』

『九月二十六日（木）

成績のことを褒められた。なんて返すのが正解か分からずに、また失敗した。褒められたら謙遜せずに喜ぶ。お礼を言う。そうした方が嫌味にならないらしい。消えたい。』

歴代日記帳には、私が少しはマシになるために矯正してきた部分がたくさん書いてある。もちろん、そんな俯瞰《ふかん》した位置にいたら、誰の特別にもなれないことは気づいていた。でも、変わりたくて足掻《あが》いている柏木くんだって、何にもないままでしょう？

ずっとギラギラしてはいるけれど、私と同じ、空虚なままだ。

『十一月八日（金）

柏木くんが合唱に手を出したと思ったら諦めていた。私のところに、冷めきった目をして報告に来た。でも次は別のことをやるらしい。何回目だろう。見ていて飽きない。』

「…………ほら」

踏み出せる柏木くんはすごいけれど。出来ないのなら最初から踏み出さない自分は、間違っていない。

そう思っていたのに、柏木くんは映画を見つけてしまった。しかも香澄さんのおかげで。

どんな顔をして、息をすればいいのか分からなくなった。

平気なフリをして学校で笑っては、部屋で泣きじゃくる夜を何度も過ごした。

何もかも持っているみるふぃーのことが好きで、好きだからこそ、羨ましくて、だからこそ認めることなんて出来なかった。

そして、何夜目かに、気がついた。

――――もしかしたら私も、なれるんじゃないだろうか。

あちら側に行けるんじゃないかと、期待した。

だって、柏木くんが変われたのだ。私だって、きっかけさえあれば、すっかり遠くに行ってしまった二人みたいになれるのかもしれない。

そう思ってから、脚本について勉強して勉強して、既に脚本は五作品ほど書いてみた。

確かに、書いている時は楽しかったし、ドキドキしたけれど。

「…………今日の映画、良かったな」

私の熱量は、どこまでが本物なのだろう？

二人といると、ふとした瞬間に。

心のどこかに、疑問がつきまとうのだ。

——憧れの二人と一緒にいるために、自分も夢中になったフリをしているだけじゃないのか?

——ただ自分がやるべきことから逃げるために、熱狂したフリをしてるだけじゃないのか?

——その程度の擬態で、本当に仲間になれてると思ってるのか?


と。良い作品を見れば見るほど、そんな不安が付き纏《まと》ってくる。

どうして人生は都合の良いところで終わらないんだろう。

私の人生のラストは、今日、柏木くんに可愛いと言ってもらったところでいいのに。

私の人生が映画なら絶対絶対絶対、あそこでエンドロールを流す。だってこの先生きていたって、あれを超えるような良いことは起きないだろうから。

ベッドに寝転がる。そして、栞《しおり》がわりに本に挟んで隠してある、ふゆちゃんことcider《サイダー》×ciderの白樺冬華《しらかばふゆか》の写真を取り出し、溜め息を吐《つ》いた。

「ふゆちゃんは、すごいなぁ……」

ふゆちゃんはどこを見て、どこを目指して、誰のためにあんなに頑張ってるんだろう。

やはり、自分のためだろうか。だってふゆちゃんは、アイドルとして成功することしか考えてないみたいに、いつも必死だ。

「私は自分のためになんか頑張れないよ」

だって自分の限界なんて、自分が一番知ってるんだから。

私がアイドルを好きなのは、手が届かなくても虚《むな》しくならないから。でもふゆちゃんはたまに、客席を見ては、『こちら側』みたいな表情で諦めたように笑う。

そのくせに、ステージ上では客席を見つめたまま、なりふり構わないパフォーマンスを披露する。

私にはその様子がどうしても自分のために踊っているように見えなくて、見入っているうちに、大好きになってしまっていた。

「ふゆちゃんがあれだけやっても手に入らないものがあるなら、私が必死にそっち側にいったって意味があるのかな…………」

いや、報われようとしている時点で、おこがましいのだろうか。

脳がショートして目の前のこと以外見えていない。柏木くんと香澄さんはそんな様子だったから、そんなことを考えてしまう。

私は何もかもから目を背けるように、パチン、と部屋の電気を消して布団《ふとん》にうずくまった。それから暗闇の中で、手首で揺れる星を見つめてから、目を閉じる。

誰か私の代わりに、この熱量は本物だよ、と証明して。

三．最高傑作だからボロボロになったドレス

『脚本が出来ました』

琴乃《ことの》からそんな連絡が来たのは、二人で野外シネマに行ってからちょうど一週間後のことだった。

その連絡を受け、俺たちは制作会議をするために、早速香澄《かすみ》の家に集まることになった。

最初はファミレスの予定だったのだが、大分オーラの消し方が上手《うま》くなったとはいえ香澄の身バレ危機があることと、広い部屋に一人でいるのは寂しいと香澄が言い出したことで変更になったのだ。

それなら解約しろと言いたいが、セキュリティ上そうもいかないらしい。大変だな。

俺と琴乃は香澄のタワマンの最寄り駅で待ち合わせをし、一緒に向かったのだが、琴乃も、さぞ驚くだろうと思っていたタワマンへの反応があまりに希薄でガッカリだった。

流石《さすが》お嬢様。やはり庶民は俺だけなのか。分かってはいたが少しへこむ。

その時の反応とは対照的に、香澄が部屋に招き入れた時の緊張の仕方といったら半端《はんぱ》じゃなかったので、琴乃的にはタワマンどうこうよりも推しのプライベートルームという方が重要らしい。

なんやかんやでリビングに入った俺たちは、ガラスで出来たテーブルを囲むように座った。

「すみません、出来上がりが遅くなってしまって」

「いや。俺は俺で課題とかやってたし。むしろこんな早くにありがとな」

「ほんとだよ。ミルだったら絶対、十日とかでお話作れないもん。っていうか一年あっても多分むり」

それから早速制作会議を始めた――――のだが、肝心の琴乃の表情は暗い。

「先に謝りたいんですけど」

「なんでしょう」

「脚本、実は途中までしか完成してないんです。ラストの展開に迷ってしまっていて。まずは、読んで欲しいんですけど」

琴乃はそう言って、俺と香澄の前に一部ずつ脚本を置いた。

琴乃が書いてきてくれた作品は、『おはよう、幽霊』というタイトルの、幽霊の女の子と、その幽霊が見えるようになった、友達がいない女の子との一夏の青春物語だった。

天国へ行く方法が分からないという幽霊に協力し、最初は試行錯誤しながら成仏《じょうぶつ》する方法を探していた女の子。

しかし、幽霊と仲良くなってからは、友人を失いたくないがために協力に身が入らなくなっていき、その矢先に成仏方法が見つかってしまうという内容である。

「じゃあ、私が幽霊役で、琴乃ちゃんが友達がいない女の子役ってことか」

香澄はそう言って、いいね、と笑う。

正直、香澄に役者として参加してもらうかはギリギリまで悩んだ。

もちろん香澄に演じてもらえたら最高だが、その知名度が抜群なことや、存在感がありすぎるなどの問題点もある。

実際、文化祭での問題もあり、香澄自身も悩んでいたのだが、「他の役を演じることは、香澄の中に染《し》みついた『香澄ミル』以外になることのリハビリになるのではないか」と提案したところ、「やってみたい」と言ってくれたのだ。

正直に言うと、俺も文化祭のリベンジをしたかったので、めちゃくちゃ嬉《うれ》しい。

そこで、顔を隠すということを条件に香澄のキャスト参加が決まると、「それなら私が相手役をやれば誰かにキャストを頼む必要がなくなるってことですよね？」と琴乃も参加を決めてくれたので、今回は最初から最後まで三人だけで映画を撮ることになる。

キャストが琴乃と香澄の二人で成り立つこと、香澄の顔が隠れていても不自然じゃないこと、小道具にお金がかからないこと、という条件付きで物語を書いてくれたのだから、本当に琴乃には頭が上がらない。

しかもこの脚本、もの凄く面白い！

「今回も琴乃の書いた脚本、マジで完成度高いな。すっげぇウズウズしてきた。確かに最後だけ決まってないけど、撮りながら出てくるイメージもあるだろうし、全然オッケー！」

「ほ、ほんとですか」

「あぁ。だから、そんな申し訳なさそうな顔すんなよ。監督権限です」

「はーい、主演権限も使います！」

「だから全然……って、脚本家も主演もって、いくらなんでも任せすぎだよな。マジでごめん。俺が巻き込んだだけなのに、頼りすぎた」

実際俺がやることと言えば、撮影と編集だけだ。

俺が大変になるのは今からだが、そう考えると俺の方が全然仕事してない気がしてきた。

「そんなこと、ないです。むしろ私は嬉しいですよ。柏木《かしわぎ》くんが夢中になってることに協力出来て」

琴乃は優しい顔でそう言って、モゴモゴと言葉を続けた。

「それに、こうしてれば、いつか私も……」

「私も？」

一瞬、随分と思い詰めたような表情になったので聞き返してみたのだが、琴乃にはさらりと受け流されてしまった。

「なんでもないです。じゃあ、次は学校の撮影許可を取らないとですね！」

「あっ、それならミルがちゃんと先生に聞いてきました！　そしてしっかり交換条件を出されてきました！」

「というと」

「学校のプール掃除をやること、だって。そしたら空いてる教室は好きに使っていいらしいよ！」

コミュ力お化けの香澄ならば許可をもぎ取ってきてくれるだろうとは思っていたが、なかなか無条件とはいかなかったらしい。

「それ、破格なのかどうなのかよく分かんないラインの条件だな……。じゃあ俺がやるから、二人は」

「あ、そういうのはなし。ウチらみんなでやるんだからね！　思い出作り、思い出作り！」

「そうですよ。柏木くん、今更水くさいです」

「……ありがとう」

どうしよう、仲間に恵まれ過ぎている。俺のやりたいことにこうして協力してくれる仲間が二人もいるなんて、幸せ者もいいところだ。

今まではずっと、基本的に一人だった。部活の助《すけ》っ人《と》として参加することはあっても、出来上がっているチームに部外者として入るだけ。

こんな風に、誰かと同じ方向を向いていたことは一度だってない。

「じゃあ全員の都合良い日に、学校集合ってことで！」

その事実に目頭が熱くなりながら、俺は照れ隠しをするように、急いで話を進めた。

七月下旬。部活に勤《いそ》しむ生徒の声で賑《にぎ》わう学校の門をくぐり、集まった俺たちは早速、プールサイドへ向かった。

「うへぇ、結構ドロドロだねぇ」

「去年の夏から放っとかれてたみたいだからな。とりあえず汚れてもいい服に着替えるとこからやるか」

「そうですね。とにかく始めないと終わりませんし……」

ということで、想像よりも幾分か酷《ひど》い状態から目を背けたくなりつつも、俺たちは掃除を開始した。

「え――、なんで二人だけ服お揃《そろ》いなの⁉」

「いや、これ中学のジャージだから」

「いいないいな、羨ましい～～」

「そうですか？　このジャージ、ダサすぎて私たちの間では囚人服って呼ばれてたんですよ」

「二人とお揃いならミルも囚人服でいいよ」

「いや絶対良くないです」

羨ましがる香澄に対して、琴乃の瞳には断固拒否の炎が強く宿っていた。

そうだよな。流石の香澄とはいえこのダサさは……いや、香澄なら着こなしてくれそうな気もする。

そんな香澄は、頑張って探したけれど、そもそも家に汚れてもいい服がなかった、と言って、制服のまま掃除を始めた。青いホースを抱えている姿はまるで乳酸菌飲料のＣＭのようである。

「つわ」

眼福だと拝んでいたら、不意に後ろから背中に抱きつかれた。

「え」

「ごっ、ごめんなさい！　あのっ、足元がヌルヌルしててっ、今動いたら転ぶのでっ、その」

琴乃だった。首だけで振り返ろうとした俺の視界の片隅に、艶《つや》やかな黒髪が揺れているのが目に入る。それを見た瞬間に、なんだか変に実感が湧いてきた。

「あぁ、いいよ。つかまっといて」

なんとか平静を装《よそお》って返事をしたが、華奢《きゃしゃ》な腕が俺の腰をキュッと締めつけている感覚が、ゾクゾクしてなんとも変な感じがする。

琴乃の整った顔が見えないことだけが救いだった。

「何してるのそこ——！　ミルに続いてしっかり掃除しなさーい！」

ドギマギしながら琴乃が体勢を立て直すのを待っていると、ついに、少し遠くの場所を一生懸命に磨いている香澄から声がとんでくる。

「わ、悪い。琴乃、いけそうか?」

「いえ、それが………」

「琴乃ちゃん、ずるー! それはズルですよ。そんなの、蓮《れん》くんに抱きつきたいだけじゃん! ズルい! それはミルの十八番《おはこ》だったのに‼」

自覚あったのか。まぁ確かに、アザトカワイイは香澄の専売特許みたいなところあるもんな。だからといって誇るな、という気持ちではあるが。

「そんなわけないだろ。琴乃は香澄とは違………」

「っ……だったら、どうします?」

くぐもった声が聞こえる。

腰に回った手により一層ぎゅっと力が入り、こてん、と背中に固いものが当たるような感覚があった。それはおそらく琴乃の頭なのだろう。こてん、と傾けられたその部分から熱を帯びて、じわじわと熱くなっていく。

「………琴乃?」

その普段とは違う様子に、俺は——。

「うにゃ——ッ⁉」

「香澄⁉」

可愛《かわい》らしい奇声で、一気に意識が現実に引き戻される。

琴乃も、香澄の声に驚いたのか、俺の腰に回っていた手がパッと離れた。

視線を元に戻すと、香澄がその場で手をついてひっくり返っている。

どうやら思いっきり滑ったらしく、手とお尻をついてその場で呆然《ぼうぜん》としていた。

「大丈夫か⁉」

俺は慌てて駆け寄り、手を差し伸べる。

すると香澄はへにゃりと笑ってみせた。

「あ──、うん。多分」

そう言って、俺の手を借りて立ち上がる。

「怪我《けが》とかはしてないんだけど、制服はビッショビショになっちゃったなぁ」

「確かに。じゃあ乾くまで…………ッ⁉」

プールサイドで休んでいればいい、と言葉を続けるつもりだったのだ。俺は。

「あ、の。何してるんですかね、香澄さん」

「何って、脱いでる。濡《ぬ》れて気持ち悪いし」

その言葉通り、香澄は脱ぎ始めた。その場で。

「っちょ、待っ！」

捲り上げられたシャツが胸の辺りに差し掛かったあたりで、慌てて後ろを向くと、しらーっとした目で俺を見つめている琴乃がいた。

待ってください。不可抗力じゃないですか。

言葉も出せないまま、弁解するようにわちゃわちゃと手を動かしていると、視界の端で桜色が咲いた。

「蓮くんってば、照れちゃって可愛いんだ〜〜」

「うわぁあああ⁉」

その声と共に、背中をゾクゾクとした感覚が走る。

後ろにいる香澄に、つぅ、と背中を下から上まで指でなぞられたらしい。

「ふふ。もうこっち見てもいいよ」

確認を取るように琴乃の方を見ると、無表情のまま親指を立てられたので、恐る恐る後ろを振り返る。

すると、そこには白と黒を基調としたビキニに身を包んだ香澄がいた。

「じゃ――ん。どう？　結構可愛いと思うんだよね〜、私」

結構どころではない。

スラリと伸びた真っ白な脚に、健康的な太もも。

アイドル時代にグラビアもやっていたというのは知っていたが、細いのに出るところは出ているスタイルは、まさに完璧といえた。

「い、いんじゃないか？」

変に思われないように、自分的にはすぐに言葉を返したつもりなのだが、どうやら香澄警察には見逃されなかったらしい。

「ふーん……」

「なんだよ」

「どこが？」

「え」

「どこがいいのか、教えて欲しいな？」

「そ、それは」

考えろ。考えろ、俺。

どこって答えたらキモくならずに及第点がもらえるんだ。

助けてくれ、と天に祈りながら、俺は、答えを考えることで意識を必死に目の前の香澄から逸《そ》らすことに集中した。

「っあの、蓮くん？」

「…………」

ここは水着のデザインか？　でもそしたら本人は可愛いと思っていないのかと怒られそうでもある。

「それは、その、見過ぎっていうか」

「…………………………」

「そりゃあ私は可愛いけどっ、む、むり！　やっぱやめ！　いい！　だからもうこっち見ないで！」

「え」

よく分からないが助かったらしい。

「待ってよ、こんなのグラビア撮影と全然違うじゃん……」とゴニョゴニョ呟《つぶや》きながらその場にうずくまった香澄は、涙目でこちらを見上げながら口を開いた。

「恥ずかしいからもう見ないで欲しいんだけど。でも感想は、一言欲しい」

「……に、似合ってて可愛いぞ」

「ん。ならいい」

香澄はそう言って、すっくと立ち上がると、濡れた部分が少なかった白シャツだけ上に着直して掃除に戻っていった。

露出面積こそ減ったが、下はビキニのままなので、こちらからするとどちらも心臓に悪い。

「ってか、なんで下に水着着てるんだよ……」

「だって先生が、掃除終わったら遊んでいいって言うから。昨日グループＬＩＭＥで連絡した……つもりだったんだけど、えっ、ウソ。もしかして私、琴乃ちゃんにしか連絡してない？」

「私に来た連絡は個人でしたね」

「え、まじ？　ごめん。蓮くんはそのままの格好ではしゃいでね」

いやはしゃぎませんけど。申し訳なさそうにされても、元々着てくる気はなかったので結果オーライである。

しかし、となると――――。

「っむ、無言で私の方見ないでください！」

「琴乃ちゃんも着てるよね。結局何色のやつにしたんだっけ？」

「私は脱ぎません！　絶対です！」

「よーし、じゃあ水かけちゃうね」

「香澄さん⁉」

「だってミルだけなの恥ずかしいもん！　そんなの道連れにするよ！」

「昨日の夜はグラビアやってたから水着姿とか何にも恥ずかしくないって言ってたじゃないですか！」

「見てる人が違うとこんなことになると思ってなかったんだもん！」

「しれっと言うなぁ！　グラビアが載ってる写真集何万部売れてると思ってるんですか！少なくとも二桁万人には見られてるくせに、私のことを道連れにしようとしないでくださいっ!!」

二人はホースを持って鬼ごっこを始めたようだ。なんとも仲が良さげである。

最初の頃はあれだけ緊張していた琴乃がここまで普通に話せるようになっているところを見ると、琴乃の中でもだいぶ、アイドルというよりもクラスメイトという認識の方が強くなってきたのかもしれない。

俺はそんな二人を微笑《ほほえ》ましく見つめながら、一人で作業に戻った。

結局香澄に捕まり、黒色のワンピース水着に変身させられた琴乃が掃除に戻ってきたのは約十分後のことである。

肩ひもがリボンで出来ているその水着は、琴乃の清楚《せいそ》な雰囲気にとても似合っていた。

本人は謙遜していたが、香澄が誉《ほ》めていた通り、何故《なぜ》グラビア未経験なのかと聞いてし

まいたくなるほど抜群なスタイルである。

こんな状況をクラスメイトに見られてたら殺されるかもしれない、と危惧しながら、俺たちはしっかり掃除を終え、香澄が持ち込んだ水鉄砲と浮輪で遊んでから家に帰った。

帰り道にみんなで食べた、コンビニのかき氷の味は忘れないだろう。


八月一日。確保に成功した空き教室で、幽霊用の衣装として用意した、目と鼻が隠れる真っ白な仮面とワンピースを身に着けて香澄がセリフを言っている。

早速始まった撮影は、想像以上にスムーズには進まず、苦戦していた。

「そこはなんかこう、もうちょっと軽い感じでセリフを言ってみて欲しい」

「『だって私のこと、誰も見えてないの』」

「あぁ——……なんか違うんだよなぁ」

問題は二つある。まず一つ目は、俺の意見が監督として不甲斐《ふがい》ないことだ。

頭の中にビジョンはある。でもだからといって、それを言語化出来るだけの知識と経験が俺にない。そのせいで、「なんか違う」を連発し、かといって的確なアドバイスはしないという最低男になっている。自覚はあります。

そんな中でも、必死に演じてくれる二人はとても頑張ってくれているのだが、そこにもう一つの問題があった。

「香澄、存在がうるさい」

「存在が⁉　さっきは動きがうるさいって言われたから必死で無になろうとしてたのに！」

香澄の存在感強すぎ問題である。

長年芸能界で、自分が一番目立つような振る舞い方を身体《からだ》に叩《たた》き込んだ結果、どのシーンでも異様に目立つ。

これは役者の技というよりも、どこでも誰かの一番になるための、アイドル特有のスキルなのだろう。そして、そのせいで、香澄は幽霊の少女ではなく、どうしても『香澄ミル』として画面に映る。

役を演じる、という点では、琴乃の方がよっぽど優秀なほどだった。

もちろん、ずっと香澄が目立つような作品ならそれでいいのだが、今回は顔を隠している上に、透明感や儚《はかな》さで勝負をする幽霊の役どころだ。なかなかそうもいかない。

「なんていうか、このままだと香澄ミルの幽霊になるんだよなぁ。でも、ここで演じて欲しいのは、明るいけど寂しがりやで、今にも消えそうな幽霊だからさ」

「うぅ、確かに。なんか私の幽霊、全然消えそうな感じしないもんね」

「ですね。消えるどころか、ここからスターダム目指せそうなバイタリティがみなぎってます」

「分かる」

「分かるんだ⁉　てか私、普段こんなにバイタリティありそうに見せちゃってるんだ⁉」

香澄はそう言って、しみじみと確認するように、画面を食い入るように見つめていた。

「……私、本当に、アイドルしか出来ないんだなぁ」

それは悔しそう、というよりも悲しそうで。

捨てると決めた自分に残っている愛着を、惜しむようだった。


その日の帰り道。

琴乃と別れた後、香澄はコンビニに寄るから、と言って、俺のあとを付いてきた。

「『香澄ミル』はね、私の最高傑作なんだ」

「…………え？」

「蓮くんが言った通りだった。ほら、他の役を演じるのは、『香澄ミル』以外になることのリハビリになるんじゃないかって言ってくれたでしょ？」

　香澄はそう言って、道端に落ちていた石を勢いよく蹴り飛ばした。

「怖いの。私は私になりたいのに、あまりにも香澄ミル《アイドルの私》と私が一体化しちゃって、上手く剝がせない」

　そして、暗い顔で言葉を続ける。

「それもあるけど、一番は、やっぱり不安だからなんだと思う。私、『香澄ミル』以外で上手くいったこと、この前の文化祭が初めてだから。一番成功する可能性が高い方法に逃げようとしちゃうの」

「逃げる、って？」

「んーとね、例えば演技が下手でも、香澄ミルを見にきた人は満足するでしょ？　アイドル時代に演じたドラマだって、全部そうやって乗り切ってきたからさ」

　それを聞いて、納得がいった。

　前から思っていたが、香澄は、『香澄ミル』は大勢の人間に受け入れられて成功した、というアイドル時代の記憶に頼りきって生きているのだろう。

　だからそれを一番の正解だと思っていて、そこから外れようとしても、無意識のうちに恐怖心から自分を修正してしまう。

　きっと、同じだ。レベルは違っても、俺が何にも本気にならないフリをして、ひたすら浅いつながりでＬＩＭＥの友達を増やしていた時と。

　求められる誰かになることは、簡単で、だけど、とても苦しい。

「こんなボロボロのドレス、早く捨てなきゃいけないのになぁ」

　香澄はそうぼやいて、遠くを見つめている。

　前の香澄なら、こんなことは絶対に、俺に話してくれなかった。

　きっと、二人なら乗り越えられると思ってくれているから、話してくれたのだろう。

「俺も、考えてみるよ。香澄がもっと楽に役を理解出来るようになるような指示の出し方とかさ、勉強する」

「それはほんとにそうだよ。蓮くんの指示の出し方、下手っぴだもん。あとでミルがオススメの本とか教えてあげる。寺門《てらかど》さんなんて、指示出すのめちゃくちゃ上手かったよ？」

「誰だよ、寺門さん」

「私が出たドラマの監督の人？」

「そんな本物のプロと比べられてもなぁ⁉」

「わっ、蓮くんが怒った！」

　香澄は笑いながらそう言って、コンビニまでの道を一直線に逃げる。

　俺はそれを追いかけながら、さっき話していて引っかかったことを考えていた。

香澄は、『香澄ミル』以外で上手くいったことは、この前の文化祭が初めてだ、と言っていた。しかし、いくら幼少期から芸能界にいたとはいえ、アイドルになったのは十二歳からのはずだ。

それに、最初は子役として活動していたそうだが、スカウトされたとはいえ、何故《なぜ》香澄はアイドルになることを決めたのだろうか？

四．好きと嫌いと、私だけのプロデューサー

翌日。香澄《かすみ》は、自分なりに演技を考えてみたから見て欲しい、と言って変わり始めた。

確かに変わり始めはした、のだが。

「やっぱり何かが違うんだよなぁ……」

そう思うのに、違和感を上手《うま》く言語化出来ない。そのことがこんなにもどかしいのかと思ってしまうほど、香澄の演技は、何かが欠けていた。

「『今までずっと寂しかったんだ』」

ネックだった華々しさは、少し収まってきた。

でもその代わりに、その華々しさで覆われていた部分が露骨に出始めている。

「『だって私のこと、誰も見えてないの』」

チグハグ感、といえばいいのだろうか。

姿形は女子高生の幽霊そのものなのに、まるで中身は違っているみたいな——。

「脚本、変えましょうか」

「え……？」

香澄の前に座り、じっとセリフを聞いていた琴乃《ことの》は、突然そんなことを言い出した。

「香澄さんの役、元アイドルの幽霊とかにしちゃいましょう。そしたら今までの演技でピッタリはまりますし、夏休み中に作品を仕上げるとなると、その方が現実的です」

「そ、それは分かってるけど。それだったら、何の意味もなくなっちゃうじゃん。それじゃあ、幽霊の女の子じゃなくて、ただの私だよ」

「いいじゃないですか。だって香澄さんは、アイドルでいる時が一番輝いていますから」

琴乃は、普段のようにキョドることもなく、真《ま》っ直《す》ぐ香澄の目を見つめ返してそう言った。

「ッ…………分かってる、でも」

「でも、今のままだったら、幽霊の女の子を演じられないじゃないですか」

「……そんなこと」

「だって香澄さん、今まで生きてきて、そこにいて誰の注目も集まらなかったことなんて、見つけてもらえなかったことなんてないでしょう？」

琴乃の冷たい声色を聞いて、ドキッとした。

そうだ。俺の感じた違和感はそれだったんだ。

幽霊なのに、あまりに誰かに見つけられることに慣れている。

だからこそ、ちっとも寂しさを感じているように見えない。それも当然だろう。

香澄は、自分への視線があるのが当たり前の世界で生きてきたのだから。

「今から無理やり取り繕うよりも、アイドルの輝きを活《い》かした方が絶対にいいです。だって香澄さん、今の抑え込んだ状態でもこれだけ『アイドル』なんですから、分かります。だからこそ、向いてないことに挑戦する香澄さんを、このまま見てられません」

ファンとして、なのだろうか。

琴乃は凛《りん》とした表情でそう言った。

「琴乃、それは言い過ぎじゃっ……！」

「ううん、いいの」

香澄の喉から絞り出されたのは、泣き出しそうな声だった。

「だって、私が一番知ってたから」

香澄は苦しそうに表情を歪《ゆが》めて言葉を続けるが、どこか安堵《あんど》しているようにも見える。

「だって、本当にその通りなんだもん。逆に、言ってもらえてスッキリしたぐらい。……私、本当はね。アイドルになった時みたいに、幽霊の女の子を作ろうとしたんだけど」

そして、ぎゅっと制服の裾を握りしめて俯《うつむ》いた。

「みんながね？　過ごすはずの青春全部捨ててアイドルになったから、ミルの中にはもう何も残ってないんだ。アイドルっていうドレスを脱いじゃったら、中身は空っぽなの。切り捨てられるものすら、もう残ってない」

香澄は、最後に顔を上げて口を開いた。

「だから、今のミルはアイドルの残骸みたいなものなんだ」

アイドルの、残骸。

そう言った瞬間、香澄の目から、一筋の涙がこぼれ落ちた。

我慢せずに泣いてくれるようになった、と考えるべきか。

「私、今日はもう帰る。ちょっと、頭冷やしてくるね」

それとも、我慢すら出来ないぐらい、悩んでいたと考えるべきか。

それからは琴乃と二人で黙り込んで、お互い一言も話さないまま、重たい空気を感じてただ息をしていた。

香澄が帰ってから五分ほど経《た》って、琴乃がポツリと言葉をこぼす。

「……香澄さんは、演じられないんじゃなくて知らないだけなんですよ。だって私が普通に演じられるのは、そこそこ普通に学生生活を送ってきたからで。きっと時間さえあったら、私なんかよりもっと上手く演じてみせます」

その言葉には、悔しさが滲《にじ》んでいて。

言葉につられるように、琴乃の目にはじんわりと涙が浮かび始めた。

「私だって、あんなことっ、言わせたかったわけじゃなくて。一番輝いている姿を知っているから、どうして香澄さんが、こんなに苦しまないといけないのか、分からなかっただけなんです」

「琴乃は、悪くないよ。悪いのは俺だ。本当は俺がハッキリ言うべきだったのに、逃げてたことを琴乃が言ってくれたんだから」

そうだ。きっと、本当は言葉が見つからなかったわけじゃなくて、言いたくなかったんだ。香澄の苦しんできた姿を見ているから、それを指摘して、悩ませたくなかった。

「……悩ませてるのは俺なのにさ。苦しんで欲しくないなんて、矛盾してるよな」

「そんなことないです。だって、辛《つら》いですよ。好きな人には、苦しんで欲しくないと思って当然じゃないですか」

「…………ありがとう」

きっと、琴乃も同じ想《おも》いを感じている。

だから俺は、琴乃にも苦しんで欲しくなくて、華奢《きゃしゃ》な指で涙を拭って、なかったことにしようとしている琴乃にハンカチを差し出した。

次の日、香澄は撮影を休んだので、俺と琴乃は、その一日を小道具作りに費やした。

お互い、何か言い出したいのに、言い出せないような空気の中、何も言わずに解散して。

また、その次の日。琴乃の夏期講習があるため、撮影は休みの予定だったのだが、やけに朝早く目が覚めてしまった。

二度寝しようかとも思ったが、流石《さすが》に学校の課題でもしようかと起き上がると、スマホから着信音が鳴る。

スマホ上にデカデカと表示された名前は――――。

「……香澄⁉」

「もしもーし。お――、早起きだね」

えらいえらい、と笑うその声は、一昨日《おととい》のことをまるで引きずっていないように明るい。

しかし、これで油断したらダメなのが香澄ミルだ。

「何だよ、こんな朝早くから」

「十時にミルの家、集合」

「は？」

「よろしく。来なかったら、現役時代と同じ換算でギャラもらうからねっ！」

「ちょ、まっ…………」

ツー、ツー。電話を切られた。

「とんでもない条件つけて切りやがった！」

高校生でタワマンに住めるようなやつのギャラの額なんて想像したくもない。

いつも以上に型破りで、呆れるぐらいワガママだが、信頼の裏返しだと思うと、悪い気はしないのだから、あ――もう。

「は――。……行くか」

俺はのそのそと起き上がり、出かけるための準備を始めた。


豪奢《ごうしゃ》なタワマンに着くと、中からシンプルな部屋着を着た香澄が現れた。

「いらっしゃーい！　ちゃんと約束守って来てくれたんだ」

制作会議のために来ることも多くなったが、正直未《いま》だに緊張する。

俺は、素直に心配していたと言うのも癪《しゃく》だったので、誤魔化すように軽口を言った。

「そりゃ、ギャラなんて払えないからな」

「コラ。そこは嘘《うそ》でもミルちゃんに呼ばれたらどこへでも行きます！　って言うところでしょう」

「これはマネージャーさんの苦労が目に浮かぶわ」

「ぐぬぬ……ミルが迷惑かけるのは、かけてもいいなって思った相手だけだよ。蓮《れん》くんとか、蓮くんとか、はたまた蓮くんとか」

「いや全部俺かーい」

「そりゃそうでしょ」

そうなのか。こんなことを言われてるのに嬉《うれ》しいと思うなんて、俺も大分ヤバい。

「で、用件は何なんだよ」

「朝ご飯食べた？」

「は？　まだだけど」

「ミルもまだなんだ。だから、とりあえず一緒に食べない？」

香澄はそう言って、テーブルの上に並べられた、大量のデリバリーフードに視線を動かした。

「……これ、ほんとに食べきれるか？」

「多分無理。朝ご飯に食べきるつもりで頼んでないもん。残ったのはミルのお昼ご飯にするから、蓮くんは食べたいのだけ食べてくれたらいいよ」

家にいながら出来たてが食べられる、デリバリーフードの良さを殺している。毎食頼んだ方が絶対いいだろ。

元芸能人のやることは分からない、なんて思いつつも、俺はテーブルについた。

「オムレツ、ポテト、サンドイッチ、スープにケーキまで何でもあるな」

「ふふ。好きなやつからどうぞ」

とのことだったので、あとで食べた分はちゃんとお金を払おうと心に決めつつ、俺はオムレツに手を伸ばした。

「へぇ、それが好きなんだ」

「あぁ。朝は卵料理が一番美味《うま》い」

「なるほど。ミルも好きだよ、オムレツ。だって、色とか響きが可愛《かわい》いでしょ？」

色と響きが可愛い……？

ちょっとよく分からない感性である。

そもそも食べ物の好き嫌いに味以外の要素を持ち込んでくる人に初めて会った。

「あとね、スープも好き。比較的カロリーが低いから。ポテトは絶対ナシかな。油で揚げてるからカロリー高いし、可愛くもないから、好きって言ってもメリットないでしょ？」

メリットがない。その言葉に、嫌な予感がしてきた。

まるで、誰かからのウケしか考えていない思考回路。好き嫌いの価値判断の歪曲《わいきょく》。

「でもケーキはアリ。だってスイーツ好きは可愛いからね」

そんなことを考えている間に、香澄はどんどん言葉を続けていく。

「……ミルね、夜ご飯は絶対、人気ランキングから順番に選ぶようにしてるんだ。間違いないでしょ？　みんなが好きなんだから」

そして、香澄はテーブルの上に並ぶたくさんの料理を見て、泣き出しそうな顔をした。

「こんなに食べ物がいっぱいあるのに、何から食べればいいのか、分からないの。……ここまで言ったら分かったかな。私、好き嫌いの感覚がないみたい」

こんなに悲しいことを言っているのに。

香澄は、目に強い意志を宿して真っ直ぐこちらを見ていた。

「だから、君と見つけたい」

思わず息を呑《の》んでしまうような、真剣な目だった。

「だって蓮くんが知ってる私が一番、『私』だもん。私ね、今はまだ空っぽな私の中身を、ちゃんと私自身でいっぱいにしたいから！」

もうアイドルじゃないのに、キラキラしている。

そうだ。俺の知っている香澄ミルは、強くて、なのに脆《もろ》くて、いつでも目の前のことに一生懸命で、自分の欲しいもののためなら逃げたりしない。

そんな、カッコいいやつなのだ。

あの程度のことで折れてしまうわけがない。

「お願い、付き合ってくれる？」

「当たり前だろ。だって俺、前に言ったじゃん。なりたいものが出来たら、その時は香澄の一番のファンになって応援してやるって！」

そう言うと、香澄は驚いた顔をして、応援とか大袈裟《おおげさ》で恥ずかしいんだけど、とはにかむように笑っていた。


それからは、香澄が昨日徹夜で作ったという、『好き嫌い分別シート』にのっとって、香澄が通販で大量に頼んだものを片っ端から「好き、普通、苦手」に仕分けていく作業が始まった。

まず最初は、ファッションショーである。

「実はあんまり私服持ってないんだよね。今までずっと衣装着て生きてきたから、服買う時は自分がモデルやってたブランドのカタログからマネキン買いすることが多くて」

とのことなので、好きな色やスタイルを探るところから始めることにしたのだ。

「これは？」

「白は、えーと、肌の色が綺麗《きれい》に見えるから」

「違う！　着たいかどうか！」

「え──!?　た、多分着たい」

「よし、じゃあアリだな。これは？」

「骨格ナチュラルじゃ似合わなそうだからナシかなぁ」

「デザインは？」

「す、好きかもしれないけど」

「じゃあアリだろ」

俺は袖が膨らんでいる形のワンピースを、ポイ、とアリの方のカゴに放り投げた。

疲れる。想像以上に、染《し》みついた他人ウケ癖がすごい。

そんなことを繰り返しているうちに、香澄も頭がぐちゃぐちゃになってきたようで、その場に座り込んで泣き言を言い始めた。

「どっちの方が好きとか分っかんないよぅ！　もう蓮くんが好きな方がミルも好きだよ！　それ着たいよ！」

「甘えるな！　俺は女子の服は基本的に全部可愛いと思ってるから参考にならない！」

「うわ――――ん！」

前途多難である。


それから、頼みすぎた分は夜にまわすことにして、お昼ご飯でも好き嫌い診断を行った。

デリバリーフードのメニュー表を見ながら、今一番食べたいメニューを選ぶのである。

「疲れたから味の濃いものが食べたい……。でもラーメンはこってりしすぎてるし、いやでも昔はよく食べてたような気がするから、カロリー多すぎるって自分に呪いかけてただけなんだっけ？」

「日常でバトル漫画みたいな暗示のかけ方しないでくれよ」

「でもそうしないと食べられないのが辛くなるし…………ってことは、待って。もしかして私、ラーメンめちゃくちゃ好きなのかもしれない」

「良いことじゃん」

「どうしよう、食べるの三年ぶりかも」

「嘘だろ⁉」

そんな生活、俺だったら息絶えている。

しかし、よくよく思い出せば、前にここで料理を頼んだ時、香澄はビックリするぐらい多ジャンルの料理を頼んでいた。よく食べてはいたが、「これは限定の」と紹介することはあっても、どれが好きだという発言はしていなかったような気がする。

あの時はなんとも思わなかったが、よく考えると、俺が気づかなかっただけで、滲《にじ》み出ていたものはあったのかもしれない。

「決めた——っ！　香澄ミル、ラーメンいきます」

「じゃあ俺もそうしよっかな」

「は——⁉　こんなに覚悟決めて頼んでる人の横で、よくとりあえず生ぐらいの気軽さで頼めますね⁉」

「香澄って例え話面白いよな」

「それ褒め言葉かな⁉」

それは香澄次第なのではないでしょうか。


その後、届いたラーメンを恐る恐る一口食べてからは、キラッキラの目で啜《すす》り出した香澄を微笑《ほほえ》ましく眺めたり、またファッションショーに戻ったりしながら時間が過ぎた。

途中、お互いにＨＰが尽きてきたのでゲーム部屋に移り、息抜きでゲームをやったのだが、俺が「香澄って戦う系のゲーム好きだよな」と言うと、「だって勝ったら気持ちいいじゃん？」とストレートな反応が返ってきたので安心してしまった。

どうやら、ゲームだけは唯一、今の香澄ミルの中身を構成している部分だったらしい。

「こんな私、受け入れてもらえないと思ってたから。だから蓮くんが、このゲーム部屋を見つけても引かなかった時、あんなに嬉しかったのかな」

香澄はそう言って、猫耳ヘッドホンを外しながら、こだわりのゲーム部屋を見つめて柔らかく微笑んでいた。

「きっと、もっとこれから増えるよ。香澄の好きなもの」

「……うん、そうだね。だって、確かに増えたもん」

俺の言葉に、香澄は顔を上げて、そっと俺の頰に手を伸ばした。壁掛けパネルライトの、薄暗いLEDの光の中で、香澄の整った顔が近づいてくる。

俺は驚いて後ずさろうとしたのだが、ゲーミングチェアにもたれかかっているせいで、逃れる場所がない。何より、光を反射して輝いている、香澄の瞳に魅入られたように動けなくなってしまった。

そして、香澄はコツン、と俺のおでこに自分のおでこをくっつけた。

「インプット完了。私、これからもっと、魅力的な私になっていくね」

「っ、な」

「私のこと、これから蓮くんがプロデュースしてよ。空っぽな私に、いっぱい思い出詰め込んで作ってよ。アイドルを辞めた、これからの香澄ミルを」

その重みのある言葉に、すぐには返事出来なくて。

それでも逃げたくなかったから、目だけは逸《そ》らさなかった。

「俺への信頼、厚いなぁ……」

「それはいい加減自覚して欲しいものです」

香澄はそう言って俺から離れ、パッと部屋の電気を明るくする。

「ミルね、何かを演じるの、怖いんだと思う。そもそも経験がないから役を理解出来ないっていうのもあったけどさ、理解しようと必死になりすぎて、また、役に入ってのめり込みすぎたまま戻ってこられなくなるんじゃないかって不安だったの」

明かりがついたことで、香澄の表情が、より一層よく見えた。香澄は、痛みを堪《こら》えるような表情で言葉を続ける。

「でもそれって、ただ核になる私が弱いからなんだよね。好き嫌いすらブレっブレ。それなのに、想像以上に空っぽな自分を見るのが嫌で、目を逸らしてきたからこんなことになってる」

そう言って、香澄は俺の手を取った。

そして、その手をギュッと両手で握りしめる。

「でも、今は、ちゃんと覚悟決めたよ。私として生きていく覚悟。だから、これからもそばにいてよね。ミルだけのプロデューサーさん！」

「っ、ん。任せてください、マジで」

意識する間もなく、声が喉から飛び出る。

今度は、逃げなかった。受け止めた。

香澄の覚悟を。

「あはっ。なんで敬語？」

「なんとなく。覚悟ですよ、覚悟」

「なんか本当にプロデューサーさんみたいで笑っちゃう。そういうとこ、好きだなぁ」

いつもより近い距離感でくらったせいなのか、それとも久しぶりだったせいなのか。

柄にもなく、顔が熱くなってしまったことが、バレてなければいいと思う。


この日から、香澄はいろんなものに興味を持つようになったし、ちゃんと自分の意思で好き嫌いを判断することを心がけ始めた。

そのせいで、買い出しに行ってくるとフラッと出かけたあと、なかなか戻ってこないので電話したら、飲み物が決まらない、と涙声で話されたことも記憶に新しい。

いつもポケリを飲んでいたのは好きだからじゃなかったのか、と思いつつ、「帰ってくるのはいつでもいい。待ってる」と声をかけると、香澄はその約十分後に、添加物が入りまくったような騒がしいパッケージのいちごミルクを買って帰ってきた。

「それ、すぐ喉渇きそうだな」

「うん。でも、いいの。好きだから」

そう言って笑う香澄は、とても満足気で、無表情でポケリを飲んでいた頃よりも数百倍は人間らしい。

そして香澄は、飲み終わったいちごミルクのパックを潰しながら、こんなことも言っていた。

「私ね、学園ものドラマのヒロインをやったことがあるの。でも、全部、なんとなくで演じちゃった。だって遅刻してヤバいとか、授業で当てられるかもとか、そんなの考えたこともなくて。私には分かんない世界の話だったから」

「そういやずっと仕事優先で、あんま学校通ったことなかったんだもんな」

「うん。だから、今の蓮くんには、絶対に見て欲しくないなぁ」

と、苦笑いをして。

「でね、私、アイドルバカじゃダメだったんだって、最近すごくよく思うの。だって、私、誰かを好きになる感情すら知らないまま恋愛ドラマを演じてたんだから」

ヤバいよね、とコロコロ表情を変えた。

琴乃の、「香澄さんは演じられないんじゃなくて知らないだけなんですよ」という言葉が脳裏に蘇《よみがえ》る。

香澄の今の状態は、経験がないからどうしていいかが分からず、上手く監督の指示を出せない俺と同じなのだろう。

「ほんとはね、自分が上手く出来ることだけやってたいんだけど。そのままだったら、自分の土台を作って、幽霊役をやるなんて夢のまた夢だから。まずは、楽しみながら頑張ってみようと思う！」

「いいな、それ。俺も楽しみながら頑張らないとなぁ」

「あはは。蓮くん監督の語彙力はいつになったら増えるのかなー」

「悪かったな、上手くやれなくて」

「ううん。良かったよ。蓮くんにも、欠けたところがあって」

「……喧嘩《けんか》売ってる？」

「違う違う。だって、君が完璧だったら、私の助けなんていらないじゃん。私の入る隙間があって、良かった」

「…………なんだそれ」

そんなことを言ったら、俺だって散々、香澄に助けられてここにいる。

香澄がいなかったら、わざわざ貴重な夏休みを全て、向いているかどうかすら分からない映画に捧《ささ》げられていないだろう。

それに、俺には今、もう一つ欠けている部分がある。

ある意味、経験の浅さよりも致命的なこと。

――――基本的に、あまり人に興味がないのだ。

実は、香澄のこともあり、自分も役の気持ちに入ってみようとしたのだが、全くセリフが覚えられなかったのである。

この問題は、その原因を琴乃に「単純に人に興味がないからでは？」とスパッと言い当てられたことから自覚した。思い返してみると、いつも自分のことに精一杯で生きてきたから、人の好きなものを覚えていない。なんなら雰囲気で一緒にいた人間が多いから、名前すら怪しいこともある。誰かの誕生日だってＬＩＭＥとカレンダーアプリがなければ、ほとんど覚えていない。

そういえば、前に琴乃に言われたことがある。なんでそんなことも覚えていないんですか、と。言われた時は真剣に捉えていなかったが、今思い返すと刺さるものがあった。

よくよく考えれば、俺も香澄のプロデューサーが務まるような立派な人間じゃないのだ。今まで、部活の助《すけ》っ人《と》など、人を手伝うことも多かったが、それはあくまで、出来そうなことだったからやれていたのである。

そんな人間が真《ま》っ新《さら》な香澄ミルを、はたしてプロデュース出来るのか。人間ドラマを撮る監督が務まるのか。

「……俺も、しっかり自分以外の人間に目を向けなきゃなぁ」

「なんか急に反省会みたいになっちゃったね。でも反省点を見つけられたことがまず偉い！　そして悪いところを認められたことが偉いよ、私たち！」

「そうだよな。よっ、バイタリティ！」

「雑な盛り上げやめて。にしても、琴乃ちゃんはすごいよなぁ。演技、上手だもん」

その言葉に、俺は「私なんて」と言っていた琴乃を思い出した。

本人は謙遜してなのかよくそんなことを言うが、琴乃は、ぶっちゃけ演技未経験とは思えないぐらい、演技が上手い。素人《しろうと》目でもそう感じていたのに、本物の俳優や女優を見てきた香澄までそう言うのだから、きっと本当に上手いのだろう。

「は――……自信無くす」

「そりゃ琴乃は確かに上手いけど、普通に学校生活送ってきたからっていうのもあるだろ」

「そうだけど。でも琴乃ちゃんの役って、友達がいなくて、口下手で、いつも図書室の隅にいる子でしょ？　琴乃ちゃんとは正反対じゃん。琴乃ちゃんは優等生で、クラスのみんなに慕われてて、クラスで話し合う時とかはいつも中心にいるし」

「……………そうだな」

落ち着いた優等生でありながら、裏ではハイテンションでアイドルオタクの琴乃。

それが琴乃の全てだと俺は勝手に思っていたが、もしかすると、それが全てではないのかもしれない。

俺は、もはや耳に馴染《なじ》んできた蟬《せみ》の声を聞きながら、夏の生温《なまぬる》い空気を胸いっぱいに吸い込んだ。

五.『あなたにとってアイドルとは？』

撮影二週間目。進捗はそこそこ。

「香澄《かすみ》さん、私がいない間に、演技すっごく良くなりましたよね」

というのは、夏期講習を終えて、久しぶりに撮影に参加してくれた琴乃《ことの》の言葉である。

「えっ、だよな!?」

流石《さすが》は香澄。やれば出来る子どころかやったら常人の五倍速ぐらいで出来る子。

もちろん努力はしているのだろうが、なんていうか香澄は、自分の課題点とずっと向き合って生きてきたせいか、貪欲に成長するのが上手《うま》い。

ちなみに今、教室には、予定の時間よりも早く着き過ぎた俺と琴乃しかいないので、気恥ずかしさを感じることなく香澄を褒められる。

「香澄の伸び代、やっぱすごいよなぁ。元々華があるっていうのもあるけどさ。悩んでた時は食欲もなくなってたみたいだけど、最近は普通に食べてるみたいだし」

「なんで柏木《かしわぎ》くんが嬉《うれ》しそうにするんですか」

「だって俺、監督だもん。それ以外にある？」

「……そうでした。今、私、意地悪な言い方しましたよね。ちょっと疲れてるみたいです」

　いつも背筋を正してしゃんとしている琴乃も、今日はだいぶバテ気味だ。

「夏のせいだな。暑いと余裕なくなるし」

「です、かね。柏木くんって基本的に人に興味ないくせに、香澄さんのことは結構よく見てますよね」

「そりゃそうだ。四月からこれだけ一緒にいれば、流石に目が追いかけるようになる……って、俺そんなに人に興味なさそうに見える？」

「見えるっていうか、実際そうなんですもん。それこそ中学の時から見てたら分かっちゃいます」

　琴乃は俺の言葉に、力無く笑ってパタパタと台本で顔を扇《あお》いだ。

　いや、すごいな。俺でも最近気づいたのに。こんなことなら、前からちゃんと琴乃の呆れたような苦言に耳を傾けて、もっと早く琴乃を頼っていれば良かったのかもしれない。

　俺たちももう高校二年生。受験まであと一年である。うちのような自称進学校の口癖は、

「二年生の春休みは三年生のゼロ学期」なので、この夏休みと冬休みを終えればもう受験生だ。

琴乃のような優等生は、というか本人の意思に関係なく家柄上、勉強に力を入れなければならないのは仕方のないことなのだろう。

暑さももちろんあるのだろうが、疲れているのも無理はない。

琴乃は台本で扇ぐのをやめて、ページをパラパラと捲《めく》り始める。どうやら今日のシーンのセリフを再確認しているようだ。そして、最後のページまで捲り、突然白紙のページになったのを見て、一つ大きな溜め息を吐《つ》いた。

最後のシーンの展開で迷っている。

琴乃がそう言ってから結構経《た》つが、まだその答えは見つけられていないようだ。

「監督。そろそろ、決めなきゃヤバいですよね？」

「そうだな。ここからのシーンは、クライマックスの伏線に繋《つな》がるとこだし」

「……考えては、いるんですけど。どんどん暗い方向に作っちゃったり、香澄さんの魅力を活《い》かしきれなかったりで、なかなか決まらなくて」

話はクライマックス。成仏《じょうぶつ》方法を見つけた幽霊の少女は、明日成仏するのだと、琴乃演じる人間の少女に告げにくる。

そこからの少女の行動でラストが決まるのだが、少女は唯一の友達を失う事実に耐えられるのか。どう耐えるのか。

その先の人生をどう生きるのか。それとも耐えられずに自殺してしまうのか。

琴乃はたくさんの構想を聞かせてくれるのだが、なんとなくどれもしっくりこない。

そのことは一番、琴乃自身が感じているらしく、この話をする時はいつも歯痒《はがゆ》そうだ。

それに、実際に演じてもらっている以上、琴乃が納得出来るものに決めるのが一番いい。

「まぁ、あと一週間ぐらいは全然平気だし。二週間後でギリ、いや苦しいぐらいかな」

「……私にギリギリの締切《しめきり》教えないでください。ギリギリの三日前ぐらいを教えてください、心の余裕のために」

「それ言われた後に教えても意味ないだろ」

というか、そんなこと言って保険かけながら、今まで一回も締切を超えたことなんてないくせに。琴乃の夜ふかし追い込み作業を知っている以上、追い詰めたいわけではないが、信じているのだ。単純に。琴乃なら絶対にやり遂げてくれる、と。

そんなことを話しながら時間を潰していると、待ち合わせ時間五分前に、香澄が教室に飛び込んできた。

「ねぇ、明日の冬華《ふゆか》さんのＮステ観覧のことなんだけど！」

「えっ」

「あれ、琴乃ちゃん今日から復活⁉　夏期講習お疲れさまだ〜〜！」

香澄はニコニコと琴乃を労《いたわ》っているが、琴乃の目はフユねぇ一色に染まっている。

そうか、マズい。香澄は、琴乃が重度のフユねぇオタクであることを知らない……！

「それより今、香澄さん何て言いました？」

「え？　あ――、蓮《れん》くんとNステの観覧に行くって話？」

「それより前です！　冬華さんのって言いましたよね⁉　それってあの、もしかして、昨日あった選抜発表の⁉」

「あ、うん。その――、ほら、昨日公式から、冬華さんセンターで新曲やるって情報出たでしょ？　それでNステに出るからって観覧に招待してもらってて。……っていうか琴乃ちゃん、詳しいね？」

「いや、その、人並み程度に音楽番組が好きなんです。それに、香澄さんのいたグループですから、興味があって」

「そっか、嬉しいな」

一見和やかに話しているが、一歩引いて見ている俺には、二人のパニック度合いが手に取るように分かった。

琴乃は琴乃で、突然のミラクル推し情報に周りが見えなくなって、今まで鉄の意志で隠し通してきたアイドルオタクが誤爆しているし。

香澄は香澄で、俺しかいないだろうとフユねぇの話をしたら琴乃がいたものだから、しかも食いつかれてしまったものだから、俺の方を申し訳なさそうな顔で見ているし。

もちろん、かくいう俺も、ここで琴乃にフユねぇが幼馴染《おさななじみ》だとバレたらもろもろ終わるわけで――――。

「………………琴乃も行くか？」

「……嘘《うそ》、ですよね？」

「マジ。確か、あと一人なら友達誘ってもいいって言われてたんだよな？」

「えっ⁉　あ、うん！　確か！」

香澄に話を振ると、香澄は俺の意図を察してくれたのか、首を縦に振ってくれた。

何を隠そう、フユねぇから観覧に来ないか、と誘いを受けたのは、香澄ではなく俺なのだ。幸いなことに、秒で既読がついたので、頼み込んでもう一枚分確保してもらったのである。

「あの、柏木くん。私、ちょっとそこの階段から落ちてきますね。目、覚ましてきます」

「待て待て待て待て待て待て、現実だから！」

「だって観覧なんて数十人しか入れないんだから、単純計算でコンサートの五百五十倍距離が近いってことですよ⁉　その距離でフユちゃんが歌ったり踊ったりするんですよ⁉　そんなのもうゼロ距離と同じじゃないですか！」

「いやいや、確かにコンサートよりは近いけど、席によってはちょっと距離あるよ？」

「はいそこの元アイドル、ガチレスしない。あと琴乃は一旦正気に戻ってくれ！」

こんなことになるなら最初から琴乃を誘うんだった。

何故《なぜ》アーティストにそこまで興味のない俺が観覧席のチケットを持っているのか、と聞かれての幼馴染バレが怖くて香澄を誘ったのだが、全て裏目に出ている。

まぁ、琴乃は香澄のツテだと思ってくれているようなので、結果オーライにはなったのだが。

香澄は香澄で、「もしかして琴乃ちゃんって！」と嬉しそうだし、まぁ良いだろう。

さっきまで脚本のことで暗い顔をしていた琴乃も、まるで夢でも見ているような顔をしているし。

「それに俺も、プロの舞台見ることで、作品作りの参考になるかもしれないし……」

口の中で小さく呟《つぶや》いたその言葉を、噛《か》み締めた。

やりたいことが出来てから、正直、何をやっていても楽しい。

朝焼けが綺麗《きれい》だとか、水溜《みずたま》りの反射は使えそうだとか。寝ても覚めても、何もかもを映画のことに繋げて考えてしまう。と、そんなことを考えて。

フユねぇは、どうしてアイドルになりたいと思ったのだろうと、今更ながらに思った。

「ヤッバいな、俺」

大好きな幼馴染なのに。

オーディションに受かったとか、センターになったとか。いつも俺が知るのは結果ばかりで、よく考えたら、フユねぇ自身のことをあまり知らない。

もしかすると聞いたことがあるのかもしれないが、覚えていない。

そう思うと、一気に怖くなった。ずっと俺は、今出来る精一杯をやっていると思ってきたけれど。結局、全部自分のことばかりで、こうやって何かを見落とし続けてきたのかもしれない。

そして迎えた、観覧日当日。

俺は、フユねぇと話すために、一足早く東京へ向かっていた。

香澄と琴乃とは現地集合である。

ちなみに、昨日の夜は、絶対にバレないけれど怪しくはないレベルで香澄に変装をさせる、という重大ミッションを遂行していたせいで寝不足だ。

眠い目を擦《こす》りながら電車に揺られ、スマホにマップを表示しながら目的地を目指す。

フユねぇ指定の完全個室制のお店は、想像していたよりも入りやすい外見をしていた。

とはいえ、恐る恐る入ると、洗練された店員さんが個室まで案内してくれる。

そして、ノックをしてからドアを開けると、優雅にヒラヒラと手を振るフユねぇがいた。

「蓮～～！　なんだか久しぶりになっちゃったわね」

そう言って、余裕たっぷりに微笑《ほほえ》むフユねぇは、センターを任されて殺人的なスケジュールのはずなのに、いつも通りである。

香澄が抜けたことで一時的に人気が落ちていることから、世間で色々言われていることもあってメンタル的な面も心配していたのだが、電話での声通り元気そうだ。

「俺、マジでフユねぇのこと尊敬してる」

「急に何？」

「なんでも。やりたいことと、課題の両立にすら苦しんでる俺ってまだまだだなぁと思って」

「そんなことないわよ。私だって毎日、へこたれそうになってるもの。でもそんな場合じゃないから、どうにか奮い立たせてるだけ」

「カッケェっす」

俺の、憧れ。いつだってフユねぇは、俺の目標の先にいる。

「それより蓮、さっき、やりたいことって言った？」

「あっ」

「なーに、その顔。もしかしてお姉さんには秘密だったの？　随分冷たいじゃない。蓮の習い事とっかえひっかえに付き合ってあげたのは誰だったかしら」

「うっ……」

「それとも、私に知られたら不都合なことでもあった？」

「それは、あるというかないというか。フユねぇには完成したら連絡するつもりだったから」

「なんでよぅ」

「だって、その……カッコ悪いところ、見せたくないし。どうにか頑張って夏休み終わるまでには連絡するから、待っててくれないかな」

とか言いつつ、もうこの状況がカッコ良くはないのだけれど。

「はぁ〜〜〜」

そんなことを思いつつも、チラリとフユねぇの顔を見ると、大袈裟《おおげさ》に溜め息を吐《つ》かれた。呆《あき》れたような、ホッとしたような表情である。

どっちだ。どっちの感情なんだ。

「なんだよ！」

「なんか、悔しいなって。ずっと隣には私がいたのにな」

「別に今もいるだろ」

「そうだった。じゃあお姉さんが久しぶりにハグしてあげるっ！」

「いや、それは大丈ッ」

言い終わる前に潰された。苦しい。

よく分からないまま、バニラのようないい匂いに包まれる。

「ッ……離せ！」

「わっ、ひどーい。泣いちゃうわよ!?」

「それはこっちのセリフだよ！　考えろ、年齢を！」

主にそれに伴った身体《からだ》の成長を‼

「まだ十代だし〜？」

十代だからなんだというのだ。脳内でツッコミながら、そういえば香澄にも抱きつかれたことがあったことを思い出した。

　アイドルはみんなハグ魔なのだろうか。それとも俺の周りだけなのだろうか。解《げ》せない。

「私の前で、私以外のこと考えちゃダメだよ」

「っ、フユねぇ？」

　気づいたら、フユねぇの綺麗な顔が目の前にあった。泣きぼくろがなんとも色っぽい。

「だって私、アイドルだもん。注目されてないと生きていけないの」

　香澄とは、正反対のことを言っている。

　当たり前だ。だって香澄は、アイドルを辞めたんだから。

「あ、また私以外のこと考えてる顔してる。アイドルやってると、分かるんだからね？」

「ごめん」

「謝らないでよ。私、一般人なんかに負けないし」

　フユねぇはそう言って、俺の首に腕を回し、俺の耳元でクスクスと笑ってみせた。また
フワッと、バニラの香りが鼻をくすぐる。

　距離感がバグっている、と訴える間もなく、フユねぇは言葉を続けた。

「いいわよ」

「え？」

「過程を見られないのは残念だけど、蓮が私に見せたいと思ってくれただけで、そんなのどうでも良くなっちゃうぐらい嬉しいから」

「……ありがと」

「ふふ。その分、蓮のカッコいいところ、見せて欲しいな」

「あぁ。見せるよ」

プレッシャーをはね上げられた。それなのに、なりふり構わずに応えたくなってしまうほど、やる気は漲《みなぎ》っている。

だってあのフユねぇが、俺に期待していることなんて、初めてだったから。

「あ、そろそろ時間ね。もうすぐテレビ局に行かないと」

「もうそんな時間か」

「残念ね。でも、今からちゃんと蓮のために歌ってくるから。私、これでも興奮してるのよ？　……蓮が、私のステージを見に来るなんて、滅多にないじゃない？」

それは本当に申し訳ない。

身内が何回もステージ見にきたら嫌がるかな、なんて思いはもちろんのこと。

どんどん大きくなる会場と歓声が、怖かったのだ。本当に、手が届かない存在になってしまったようで。

でも、今日観覧に来ると決めたように、これからの俺ならきっと。

「これからはたくさん行くよ」

「え——？　信じられないけど」

拗《す》ねるように頰を膨らませてそう言ったフユねぇを見て、今日の目的をふと思い出した。

「あっ、待って。最後に一つだけ聞きたいことあるんだけど」

「なにかしら？」

「フユねぇがさ、アイドルになろうと思ったのは何でだったんだ？」

「え………」

俺の質問は、こんな顔をさせるようなものだっただろうか、と思ってしまうほど、明確にフユねぇの顔が歪《ゆが》んだ。その顔からは普段の余裕はいっさい感じられず、ただ、泣きそうな表情だということだけしか分からなかった。

「何でだろうね」

そうだ。この表情は、見たことがある。

これは、香澄がアイドルで武装する時の表情だ。

「秘密」

フユねぇは小さな声でそう呟いて、部屋を出て行ってしまった。

それから、既に泣き出しそうなほど感動している琴乃と、やはりまだ向き合うのが怖いのか、若干表情の強張《こわば》っている香澄と合流し、フユねぇがセンターで踊るステージを見た。

流行《はや》りのメロディに乗せた失恋曲は、去りゆく夏に重ねられていて、フユねぇによく似合っている。久しぶりに見たステージは、あまりに完成されていて、綺麗で、とびっきりの元気をもらえて。

あの時の、かげりを帯びた表情が嘘だったかのように、フユねぇは真ん中で輝いていた。

曲の最中。フユねぇとは、一度も目が合わなかった。

Side：白樺《しらかば》冬華

「……っく、は、ぅ」

息が、しづらい。

何なの。急に何で。どうしてなの。

蓮と会っていた個室を出てしばらく歩いてから、私は床に手をついて、ずるりとその場に座り込んだ。

――――フユねぇがさ、アイドルになろうと思ったのは何でだったんだ？

今までそんなこと、気にも留めなかったじゃない。

それが当たり前なのだ。それが良かったのだ。だって私は、意図的に、蓮には結果だけを見せ続けてきたんだから。

私のことをアイドルだと思って欲しかった。泥臭くて、醜い、過程の部分なんて、ファンには見せられても、蓮にだけは見られたくなかった。

蓮には、いつだって完璧な姿を見せたいのだ。

だって私はっ、私は。

そのためにアイドルになったんだから。

私が選ばれた人間じゃないと気がついたのは、小学校高学年の頃だった。

幼馴染の蓮はいつも楽しげだった。

新しいことに興味を持って、次から次へと挑戦していく。それは両親が共働きで暇だったからなのかもしれないけれど、私には眩《まぶ》しくて、ショックだった。

私の方が年上なのに。私の方が物知りじゃなきゃいけないのに。何もかも上手くやらないといけないのに。

蓮が何かしらの結果を報告してくるたびに、私の自尊心はグラグラと揺らいだ。

今まで私、自分をそこそこ優等生だと思ってたけど、そうじゃないみたい。

私なりに頑張ってたんだけどな。こんなのじゃ全然足りないみたい。

――あれ。私って、何が得意なんだろう。

ふと、そう思ってしまったことがいけなかったのだと思う。

その日から蓮と顔を合わせることが出来なくなった。

中学になって、同じ学校に入ってからは尚更《なおさら》だった。いつも友達複数人と楽しそうに話す蓮。人と話すことがあまり得意じゃなくて、クラスに上手く馴染《なじ》めていなかった私は、廊下で会った時にいつも一人なことが恥ずかしくてたまらなかった。

それなのに、廊下で会うと蓮はいつも、フユねぇ、と嬉しそうに笑いかけてくる。

それがたまらなく嫌で、私はそんな価値のある人間じゃないのだと言ってしまいたくて、苦しくて、その日の夜はちょっと吐いた。

「このままじゃ、ダメなのに……」

そんな私が救われないのは、それでも蓮と一緒にいたがったせいだ。

純粋に嬉しかった。私とは多分違う生き物の蓮が、私を慕ってくれることが。

『大きくなったらお嫁さんになって！』

そんな約束、とっくに時効だと理解している。

それなのに、忘れられなくて、どうしても嫌なことがあった日はいつもその夢を見る。

このままでは蓮に優しく出来なくなってしまう。私のどろついた劣等感のせいで。

蓮はいい子なのに。私が悪い子で、足りなくて、いつも、いつも、いつも。

「蓮、おはよう」

私、いつまで蓮の好きになってくれた、優しいお姉さんでいられる？

そうして、焦《あせ》っていた時に見たのが、アイドルのドキュメンタリーだった。

『私が総選挙でみっともなく泣いちゃってから、ファンの方が増えて。嬉しかったんです。

そんな私でも受け入れてくれる人がいるなんて！』

テレビの中のアイドルが語る。

「失敗しても、いいんだ」

人と話すのが苦手。目を合わせるのも得意じゃない。何の取り柄もない。

もしアイドルになれたら、こんな私でも、受け入れてもらえるの？

その日から、何をしていてもアイドルのことが頭から離れなくなった。

『こんな私にも憧れてくれる人がいるんですよ！』と。

アイドルが誇らしそうに言った一言が、劣等感まみれの私の心に突き刺さって離れない。

これしかないと思った。

これなら私も、一番になれるかもしれない。

蓮はずっと私に憧れたままでいてくれるかもしれない。

「お母さん。私、アイドルになる」

もちろん両親には止められた。

どうしてそんな苦しい道を選ぶのかと、何度も。それでも、もう私の頭には、アイドルになるという考えと、どうしたら昔みたいに純粋に、蓮と話せるかしかなかったのだ。

粘り続けること一年。ようやく両親の許可を得た私は、cider《サイダー》×ciderという新しいアイドルグループのオーディションに応募して、見事合格を摑《つか》んだ。

書類審査を通過して挑んだ二次選考審査でも、最終審査でも、受け答えの台本を作り込み、死ぬ気で歌やダンスを練習して、準備をしたおかげだろう。

だって、もし落ちたら、なんて考えるたびに、その先の人生をいつも通りの顔をして生きていく自信を無くしていたから。

こうして、私は、そんなことを知るはずもない蓮にすごいすごいと褒められて。

もっと褒められたいと、誇りたいと死に物狂いでもがいているうちに、気がつけば cider × cider の選抜メンバーとして国民的アイドルになってしまったわけである。

でも、実際にやってみて分かった。

アイドルって本当に、可愛《かわい》いだけじゃやってられない。

努力さえすればファンは見つけてくれるというけれど、そもそもある程度形が出来ていないと、見つけてさえもらえない。

だって空に星はたくさんあるのに、みんなが名前を知っている星なんて三つから五つ。学者でも、石ころ同然に価値がない星屑《ほしくず》の名前なんて調べない。普通の女の子が、いや普通以下の女の子が、綺麗な一番星になるには、誰よりも努力しなきゃいけなかった。

「…………イライラする」

慣れないダンス。下手くそな歌。何にも出来ない自分に。最初こそ嫌でたまらなかったけど、頑張って、と声援を受けるたびに、私は強くなっていった。

だって私は、アイドルオタクでもなんでもない、とびっきり飽き性なあの子に届くまで輝かないといけないんだから。そう思ったら、文字通り何でも出来た。

蓮はきっと練習風景の動画は見ない。ドキュメンタリーも見ない。おそらく見てくれるとしたら、自分史上最高に綺麗に映してくれるＭＶと、ライブ映像だけだ。

「みなさん！　ありがとうございます‼　愛してます！」

ファンの声援が、祈りが、私をアイドルに変えてくれる。

みすぼらしい私に魔法をかけるみたいに、私を憧れのお姉さんにしてくれる。

この画面の向こうに、客席に、蓮がいるかもしれない。

そう思うだけで私は、どんなスケジュールの中でも、世界一幸せそうに笑っていられた。

――――そのはずだったのに。

「『いつからか季節が変わっていき♪』」

蓮は、私が隣にいない間にやりたいことを見つけたらしい。今まで見たことがないほど眩しい笑顔だった。いつから蓮は、あんな風に笑うようになったんだろう。

「『あなたのカメラロールには私以外の思い出がどんどん増えていく♪』」

私はそもそも知らなかったよ。蓮が、そんなにやりたいことを見つけたかったなんて。

だって、必死だったのは小さい時だけで、いつからか私にはそんなこと言ってくれなくなったじゃない。

「『ねぇ今あなた、誰といるの♪』」

それとも、私だったから言ってくれなくなったのかな。

客席に蓮がいる。それなのに私は、どうしてもそちらの方を向けなかった。だって隣に、みるふぃーがいる。目が合ってしまったら、気づいてしまいそうだった。

もうそこは私の居場所じゃないのだと。

「『こんな私が今更、切ないなんて言ったらダメかな♪』」

蓮のため、と言いながら、蓮から離れてアイドルをやっている自分の矛盾に。

違う。違うでしょ。だってこの感情が認められないなら。あの子のためじゃないならば。

「『あなたにとって私は何だったのかしら♪』」

――――私にとってアイドルは、何なのだろう。

そんなことを考えていると、気づけば曲が終わっていた。

「ありがとうございました！」

その時、ふと流してしまった一筋の涙は、誰のための涙だったのか、分からなかった。

六．ファン以上、友達以上、何未満？

　フユねぇのステージを見に行ってから、香澄《かすみ》の演技は、また一段と良くなった。

　本人曰《いわ》く、「私はもう、あんな風にはなれないなってちゃんと思えたの。それが悔しくなかったんだ」とのことで。

　それどころか、「私が思ってる以上に私のこと、好きになってるみたい」とすら言っていたので、相当いい方向に向かっているのだろう。

　また引きずられないか、という心配もあったのだが、観覧に行って正解だったようだ。

　俺が質問したあと、フユねぇの様子が少しおかしかったから、その後のステージが心配だったのだが、俺なんかの影響では揺らがないぐらい、フユねぇはちゃんとアイドルだった。

　琴乃《ことの》と見に行ったショートフィルム・フェスティバルの作品みたいに、完成されていて、ただただ没頭してしまう。そんなものを見せられては、尚更《なおさら》俺も、拙いものは見せられない。

　あのあと、フユねぇからは『ちゃんと帰れた？』といつも通りの様子で連絡がきた。

　そのことに安心しつつ、フユねぇには二度と、あの質問はしない方がいいと、出来ないと感じた。多分、自分で答えを出さないといけない。教えてくれなかったということは、それなりの理由があるのだろう。

　教えてもらうだけが答えではない。きっと、心のどこかで知っているはずなのだ。

　だって俺はフユねぇの唯一の幼馴染《おさななじみ》だから。

「なぁに、蓮《れん》くん。考えごと？」

「いや、なんでも。八月も半ばまできたし、編集のこと考えると、そろそろ巻きで進めないとだなって」

「蓮くん、巻きって言葉言いたいだけなところあるでしょ。だって撮影、順調じゃん。あとはラストシーンだけなんだし」

　香澄、琴乃、俺と、三人しかいない、もはや見慣れてきた空き教室の机の上に座り、足をブラブラさせながら香澄はそう言った。

　確かにそうだ。この調子でいけば、香澄の演技ムラ修正のために撮り直しすら可能かもしれないようなスケジュール進行である。

ただ、そう。ラストシーンの白紙さえ埋まれば。

「すみません。私のせい、ですよね」

――――琴乃の脚本さえ、仕上がれば。

俯《うつむ》いて脚本と睨《にら》めっこをしている琴乃は、こちらに視線を移すことなく、感情の読めない声でそう言った。

「別に責めたいわけとかじゃないんだよ。時間はまだあるんだし。ね、蓮くん」

「そうだな。それにしても琴乃、大丈夫か？」

「え…………？」

「なんか元気ないじゃん。……観覧行った日から」

そうなのだ。絶好調の香澄とは裏腹に、琴乃は元気がなくなってしまった。

フユねぇが近くで見られる、と意気込んでいたわりに、帰り道でやけに口数が少なかったのが気になっていたのだが、それは香澄の前で、口を開いたらフユねぇへの愛が止まらなくなってしまうことを防ぐためかと思っていた。

しかし、どうやら違うらしい。最近の琴乃はいつも思い詰めた顔で脚本を見ていて、よく感情を押し殺したような声で謝るようになった。

それは確実に、あの日に何かがあったからだと思うのだが、電話して聞いても答えてくれない。笑顔ばかり少なくなる一方で、だから。

「俺、力になりたいんだよ。俺もそうやって、思い詰めてる時に助けてもらって、なんとか持ち直したからさ」

俺は琴乃に近づいて声をかけた。

そうだ。最初の一歩を踏み出す時も、編集に迷った時も。

香澄にハッパをかけてもらわなければ、今の俺はここにはいない。

それなら今度は俺が。そう思ったのだが、顔を上げた琴乃の瞳は虚《うつ》ろだった。

「大丈夫です」

「それなら、いいんだけど」

それなのに。大丈夫、と涙が滲《にじ》みそうな声で言う友達に、それって大丈夫なんかじゃないだろ、とストレートに言える人間はどれだけいるのだろう。

琴乃のことは大事な友達だと思ってる。だから、余計に、言葉が何も出てこなかった。

「迷ってる部分があるなら、絶対、すぐ俺に相談して」

琴乃なら絶対に乗り越えられる、なんて無責任な言葉かもしれない。

でも俺は、この頼りになる友人が、どれだけボロボロになっても最後には立ち上がることを知っているから。

拳をグーに握り、琴乃の前に出す。

「………過保護ですよ。分かってます」

コツン、と琴乃が拳を合わせてくれた。

それから少しして。日差しが注ぐ教室で、今日も撮影が始まった。

「琴乃ちゃ――ん。今日も暑いからアイス買いに行こっ！」

「はい。ぜひ！」

二人は小銭入れを持ち、「蓮くんはいつも通りミルのセレクションスペシャルね。買ってくる！」と慌ただしく教室を出ていく。

休憩が入る頃には、琴乃はいつも通りの様子に戻っていた。


天気の良い日曜日。

俺は香澄と、早朝から駅に集合し、ローカル線に乗っていた。

「あの、今からどこに行くんですか」

「まぁまぁまぁ」

「ほんとに目的地あるんだよな⁉」

「あるある。ミルのこと信じてってば！」

「その様子で普通信じられると思うか⁉」

行き先を全く知らされないまま。


昨日の帰り道。

琴乃に夏期講習があり、さらに脚本が未完成なこともあって、進み具合を考えて明日の撮影は一旦休みにしようという話になった。

「それなら明日、朝八時に駅集合ね！」

すると、香澄はもはや決定事項のようにそう言って、拒否する間もなく帰って行ったことから、この状況は始まっている。

そもそも撮影スケジュールを決めるために話し合っている時点で、俺の予定はほとんど香澄に筒抜けだし、本当に暇だったのだから断る理由もない。

というわけで朝八時に駅に行くと、キャップを被《かぶ》り、やけにカジュアルな格好をした香澄が立っていた。可愛《かわい》らしいロゴTシャツとチェックのミニスカートの組み合わせが、今日も夏空に映えている。

そちらに近づいて手を振ると、香澄は俯けていた顔をぎゅんと上げて、眩《まぶ》しい笑顔を向けてくる。

「蓮くん、おはよっ！　じゃあ行くよ！」

「どこに⁉」

「まだ秘密！」

おはよう、と返す間もなく俺は手を引っ張られ、ちょうど来ていた電車に飛び乗らされた。朝早いということもあり、夏休みにもかかわらず、車内にはほとんど人がいない。

こういう時、やけに心が躍ってしまうのは何故なのだろう。貸切《かしきり》感が出るからだろうか。

俺たちはふかふかの座席に座り、とりあえず窓を開けた。風が気持ちいい。

隣では、香澄があらかじめ買ってきたというお菓子や飲み物を広げ始めた。なんなんだ、その準備の良さは。さては結構前から計画してたな？

そもそも俺はどこへ連れて行かれるのだろう。

というわけで、ここで話は冒頭に戻る。

俺は、やはりどこかぶっ飛んだ香澄の感覚に溜め息を吐《つ》きつつ、心のどこかでどこに行くのだろうと期待している自分がいるのを感じた。

琴乃には散々アグレッシブだなんだと言われる俺だが、やはり本物の前には敵《かな》わない。

きっとどこか、越えられない一線のようなものがあるのだと思う。だからこそ、どこか不安で、その思い切りが少し羨ましくて、でもそれ以上にワクワクしている。

「窓の外の景色、全然変わらないね。楽しい！」

「楽しいのかよ。この田舎あるある楽しんでるやつ初めて見たわ」

俺は、よく分からない視点ではしゃいでいる香澄を見て、頬が緩むのを感じた。

ここ最近は撮影三昧で、気が張っていた部分がないと言ったら嘘《うそ》になる。

それも見越して、今日こうして誘ってくれたのだろうか。もしそうでも、そうじゃなくても嬉《うれ》しいし、それ以上にすごいな、と思ってしまった。

俺は自分のことに手一杯で、人に目を向ける余裕なんて全然ないから。

もし俺にもっと余裕があれば、琴乃にも、もっと気の利いた言葉をかけられたのだろうか。そんなことを思いながら、隣でポッキーをかじり、ひたすら窓の外を眺めている香澄を見る。

「…………まだまだ遠いよなぁ」

「ん？　目的地のこと？」

「あぁ」

香澄はどんどん変わっていっている。きっとこれから、もっと変わる。それがどんな風になのかは分からないけれど、その時、俺はまた、香澄を一人にしたくない。

「あと一時間ぐらいだよ」なんて呑気《のんき》に答える香澄を見て、余計にそんなことを考えた。


「やっと着いたねぇ」

「ここどこだよ⁉」

いや、マジでどこ。

香澄に言われるままに降りたのは、鎌倉のような、どこか古都っぽい雰囲気のある街だった。駅名も聞いたことがないので、県内なのか、それとも違うのかさえ分からない。

「いや、実はミルもあんま分かんないんだけど。街ブラ、エンジョイとかで検索したら出てきたから」

「あ――、なるほど。まぁいいわ。良かった、とりあえず普通の街で」

逆に普通の街すぎて、今度は、これからどこに行って何をするのか不安になってきたが。

俺がじっと香澄を見つめると、「ん？」と不思議そうな顔をしている。

それどころか、「あっちにマップあったよ！」と言い出した。

「え、まさか……」

「ここからノープラン‼」

「嘘だろ？」

にへら、と笑う香澄。

どうやらマジらしい。嘘であれよ。

とはいえ、そんなことを言っていてもどうにもならないので、俺もマップを手に取った。

「蓮くん蓮くん。カキ氷とか食べたくない？」

「お、いいな」

「じゃあレッツゴー――‼」

ノープランゆえ、フットワークも軽い。

俺たちはとりあえず、近くにある商店街を目指して歩き始めた。


商店街までは想像以上に近く、駅から五分ほどだった。こぢんまりとはしていたが、ちらほらと人がいて活気がある。昔ながらの雰囲気がなんとも温かい。

服屋さん、魚屋さん、八百屋さん。どのお店も俺たちに優しく――普段は若い人が少ないらしい――、いろいろおまけしてくれるので、そしてそのたびに香澄が嬉しそうに笑うので、だいぶ長居してしまった。

極め付きはお肉屋さんで、コロッケ一つしか買ってないのに、香澄なんて「可愛いからあげる！」とメンチカツをもらっていた。アイドルの子に似てるね、と言われた時は肝が冷えたが、結果的にはバレなかったのでオッケーだ。

楽しかった、と言い合いながら気分よく商店街を出て、お肉屋さんでもらったチラシを開き、マップを見て歩き始める。

「祭りなんて久しぶりだな」

「ね、楽しみ！」

どうやら昨日から、近くの神社で縁日をやっているらしい。俺たちが少し遠くから来たと言うと、せっかくだから行ってみたらどうか、と勧めてくれたのだ。

「待って、蓮くん。あそこに猫ちゃんがいる」

「よく見つけたな。猫、好きなの？」

「好きとかじゃないよ」

と、言いつつ目がマジだ。

「猫ちゃんはなんていうか、愛そのものだよ！」

ＢＩＧＬＯＶＥの方だった。熱量がすごい。

日向《ひなた》ぼっこしている猫ちゃんがいたとかなんとか言って、住宅街に吸い込まれていった香澄は、ひとしきり猫と戯《たわむ》れた後、ニヤニヤと満面の笑みで戻ってきた。

「ふふ――。寿命延びた〜〜！」

「そんなに好きなら家で飼えばいいのに。一人暮らしなんだし」

「え――？　そりゃあ飼いたいけどさ、今の私には猫ちゃんの命の責任が取れないもん。まだ自分一人で生きるのもギリギリだし。だから、まずは自分がちゃんとしないと」

香澄はへらり、とおどけるように。それでいて、しっかりした目をして、そう言った。

変わったな、と思う。

元々責任感が強いのは知っているが、なんていうかこう、自己犠牲的な考えから、自分も相手も大切に、といった感じになったような。そんなことを考えているのが伝わったのか、香澄は不機嫌そうに、「そんな顔してこっち見ないで」と言っていた。

後方保護者面がバレたか。でも、後方とか保護者とか、そんなんじゃなくてさ。

俺は、ずっと香澄の隣に並んでいたいんだけどな。


しばらく、といっても十分ほど歩くと、歴史がありそうな神社に辿《たど》り着いた。

小さな神社の中に、チラホラと屋台があり、楽しそうな地元の方たちで賑《にぎ》わっている。

「いかにも地元の祭りって感じだな。久しぶりだわ、こういうの」

「…………」

「香澄？」

「えっ、ごめん。何？」

なかなか返事が返ってこないので振り返ると、俺の少し後ろで立ち止まっていた香澄はハッとしたように俺の方を見た。

「いや。賑わってるなって」

「あ、うん。そうだね」

どこか様子がおかしいように感じたが、まさかお祭りに来るのも初めてなのだろうか。

「早く行こ！　私、ヨーヨー釣りしたい！」

しかし、尋ねる間もなく、石造りの階段を登っていってしまったので、慌ててそのあとを追いかける。香澄は一目散にヨーヨー釣りの屋台に向かい、ものの数秒で紙を切ってみせた。あまりに弱すぎる。

「な――んで蓮くんのはヨーヨーが引っかかるのかな⁉」

と不思議そうにしていたが、それは香澄がフックの持ち手になる紙を水につけっぱなしにしたあげく、無謀な位置にワッカがあるやつに挑戦するからだ。

確かに俺は二つ取ったが、大して上手《うま》いわけではない。

ちなみに香澄は、二回目のチャレンジは水につからないように気をつけていたが、同じヨーヨーを狙って撃沈していた。諦めろって。

「逆になんであの柄がいいんだよ。もっと近いやつ狙えばいいだろ？」

「でもあれが欲しいんだもん」

「子供か」

「子供で悪かったですね！　いいもん。私、こういう時のために稼いでるし！」

香澄はそう言って五回の挑戦の末、頑張ってるから、と出店のおじさんに、狙っていたヨーヨーをあげると言われていたが、「自分で取ることに意味があるので！」と言って断っていた。

そんな香澄を見て、周りのお客さんも、頑張れ、と応援し始めている。

ディスティニーランドへ行った時ほどではないが、いいリアクションで楽しむ香澄に惹《ひ》きつけられたのか、徐々に人だかりが出来てきた。

その様子を見て、俺がちょんと香澄の肩をつつくと、「分かってる、最後にするから！」と言って、また財布から百円を取り出した。

「よし！　ラストチャレンジ！」

「…………分かった。じゃあ俺も、最後にもっかいだけやろうかな」

ちょっとカッコつけたくなってきた。

真剣に挑む香澄の横で、俺もさっきより数倍は真剣にヨーヨーを掬《すく》う。今回は三つ掬ったところで紙が切れたので、お店の人に渡しに行った。

そして、戻ってくると、「ダメだった！」と崩れ落ちた香澄がいて――――。

「あの女の子、誰かに似てない？」

「分かる。ほら、アレ。アイドルにさぁ」

と。ズレたキャップから覗《のぞ》く顔を見たのか、周りの人からそんな声が聞こえてきたので、俺は香澄と顔を見合わせたあと、彼女の手を取って神社の奥の方へ走りだした。

神社の裏にあった、軒先のような場所。

見た感じ座っても良さそうだったので、一度そこに座り、息を整える。

「危なかった～～！　なんか今日、こんなのばっかだね。私が蓮くんを引っ張るところから始まったし」

「確かにそうだな。でも、ありがとな。楽しいわ」

俺はどちらかというと保身主義者だ。何か見つけたい、夢中になって生きていきたいと言いながらも、将来のために勉強や課題はしないと怖くなるし。

どこに行くにも計画を立てて、行き先や目的がしっかり決まってないと不安になるタイプ。だから今日のノープラン街ブラ旅は、俺の夏休みの一番のイベントになるだろう。

「なら良かった」

と、香澄は微笑《ほほえ》みつつも、どこか暗い。

やはりさっきのヨーヨーが欲しかったのだろう。

俺は、自分の分のヨーヨーを香澄の前にぶら下げた。

「これ、今日のお礼」

「えっ、えっ⁉」

一度目は、いきなり目の前に現れたヨーヨーに驚いて。二度目は、その柄に驚いていた。

香澄の宝石のような大きな目が、さらに大きく開き、キラキラと輝く。

「なんで⁉　それ、ミルが欲しがってたやつ！」

「五個取れた方は一つ、お好きなヨーヨーと交換しますって張り紙あったから替えてもらったんだよ。プールに入ってたのじゃないけどな」

最初に取った二個と、ラストチャレンジの時に取った三個。ギリギリだったが、五個取れて良かった。

「い、いいの……？」

「いいよ。お礼って言ったじゃん」

香澄は恐る恐るヨーヨーを俺から受けとり、嬉しそうに、赤と白のカラフルな柄を見つめている。

「ありがとう」

そして、とびっきり嬉しそうに笑ってみせた。

興奮しているのか、頬が赤らみ、瞳は若干潤んでいる。心臓が、ギュッとなった。

こんな顔が見られるなら、ヨーヨーなんていくらでもあげる、と言ってしまいそうな笑顔だった。俺らしくもない。

「それにしても、やけにそのヨーヨーにこだわってたよな」

「え。あ――、うん。やっぱり分かった？」

香澄はそう言って、華奢《きゃしゃ》な指でヨーヨーのゴム紐《ひも》を持ち上げた。

「これね、昔、お母さんが連れて行ってくれた夏祭りで取ったヨーヨーに似てるの」

それから、ユラユラと揺らす。俺は何故《なぜ》だか、その動きから目を逸《そ》らせなくなった。

「親とお祭りに行ったのはその時が初めてで、それが最後だったから。どうしても欲しくなっちゃった」

初めて、香澄の口から、家族の話を聞いた。

幼少期から芸能界入り。確か親も有名人なのに、高校生で一人暮らし。

普通の家族、とは全く違うような関係なのだろうと心配していたが、ちゃんと良い思い出もあるようで良かった。

しかし、香澄を見ていると、どうにも仲が良さそうには見えないのだが。

香澄は、俺の考えを見透かしたかのように、家族の話を続けた。

「私、親と仲悪いんだよね」

「…………」

「お父さんがアパレルの社長で、お母さんが女優なんだけど。完璧仮面夫婦で、どっちも全然家に帰ってこないし。仕事人間だし、ほとんど何にも思い出ないの。……どっちも、ミルに興味ないから」

実の娘に興味がない。それはあり得ない、なんて思ってしまうのは、俺が恵まれて生きてきた証《あかし》なのだろう。

俺は、何も言えないまま、香澄の形の良い唇から発される、厳しい現実の続きを待った。

「でもね、何の気まぐれか分かんないんだけど、地方でのお仕事の帰りにお祭りに連れて行ってくれたの。今日のお祭りみたいな、地元のお祭りだった」

香澄は一瞬、神社の入り口で立ち止まっていた。

その理由がきっと、これなのだろう。

「楽しい思い出だったんだな」

「いやいや。そんなに楽しかった記憶ないよ。人混みが嫌だからってすぐ帰らされたし」

「それは…………」

「……でも、何だろ。思い出補正かな。お母さんが、珍しく笑ってたことは覚えてる」

香澄は懐《なつ》かしむような、遠い目をして、言葉を続ける。

「あとちょっと思い出話していい？　私がアイドルになったのはね、両親の気を引くためだったんだ」

「え⁉」

突然のカミングアウトに、驚いて声が出てしまった。

あまりにアイドルらしい香澄のことだから、こう、なんていうか憧れとか夢とかそんなものが理由なのだろうと思っていたのだ。

そんなに驚く？　と、香澄はクスクス笑って。

「小さい頃から芸能界にはいたんだけど、ある日事務所の人からアイドルにならないかって勧められて。親は私を女優にしたがってたみたいだったから、反抗したらかまってもらえると思って、勝手にオーディションを受けてやったの」

淡々と事実だけ語るような、そんな口調だったけれど。

「私はそれでアイドルになったんだけど、でもね、無関心だった」

香澄の声に、涙が混ざった。

「両親に報告しても、迷惑はかけるなって言われただけだったの。私ね、やっとその瞬間に、私には本当に興味がないんだって諦められたんだ。それで、そのまま逃げるみたいに事務所の寮に入った。両親とは、それっきり」

「…………そう、だったのか」

「うん。嘘みたいでしょ？　私、両親の気を引きたいがために、本気で夢を見た千人の女の子を蹴落として、アイドルになっちゃったの。これが最後のチャンスだったってすすり泣く声が聞こえる中で、私の名前を呼ばれた瞬間は、多分一生忘れられない」

俯いていたから、その顔がどんな表情をしていたのか、ハッキリは見えなかったけれど。

「だからアイドル、絶対やめられないと思った」

香澄の声に、一瞬時が止まったような感覚に陥る。きっと今、香澄は泣き笑いのような、それでいて何もかもを飲み込む複雑な表情をしているのだろう。

「まぁ、結局やめちゃったんだけど。これが、アイドル香澄ミルの成り立ち」

「…………」

「案外ドロドロしてたでしょ？」

確かにそうだ。ドキュメンタリーとして休日の夜に流されるような、綺麗《きれい》な物語じゃない。

「それでも、カッコいいよ」

「え？」

「自分の行く道を、自力で切り拓《ひら》いてきた香澄は、カッコいいと思う」

香澄はまるで、その過去を恥じるように、ドロドロしてる、なんて自虐的に言ったけれど。俺には、とってもアイドルらしく思えた。

アイドルが、キラキラと可愛《かわい》いだけの仕事じゃないことは、もう知っている。地道に、少しずつ努力して、舞台に立ったら全員を笑顔にするために跳び回る、大変な仕事だ。

自分の方が笑顔にして欲しい、と。

そう思っても不思議じゃないものを背負って、戦い続けた香澄は、カッコいい。

「香澄は、誰よりもアイドルだったよ」

そんな言葉が欲しいわけではなかったかもしれないし、俺にはアイドルのことがまだよく分からないけれど。

そう言いたいと思った。一番の褒め言葉として。

香澄は、驚いた顔で俺のことを見つめている。それから、クスクスと笑い出した。

「蓮くんてば、私のアイドル時代、知らないくせに。ファンじゃなかったくせに」

「それは……すみません」

「いいよ。今から好きになってくれたらいいし」

とっくに好きだよ。ふと、そう思った。

だって、最初は、香澄を一人にしたくないと思っていたのに、今はただ、俺の方が隣にいたいと思っている。置いていかれたくない。いつまでも隣で、香澄を見ていたい。

共同戦線とか、仲間なんて距離じゃなくて。

――こんなのは、ただのワガママだ。

「…………俺は十分香澄のファンだよ」

「蓮くんには、ファンになって欲しいわけじゃないもん」

と、いじけたように言った香澄を見て。

「じゃあ俺は何になったらいい？」

ふと、言葉が口をついて出る。

同志。仲間。友人。それならもうなっているから。

「そ、れは」

香澄は言い淀《よど》んで、ヨーヨーを持った手を所在なさげに動かしている。

もっと香澄のことが知りたいと思った、自分に気がついてしまった。

興味がある、では収まらないような気持ち。それこそファンのように熱のある気持ち。

でも、その気持ちを何て呼べばいいのかが分からなかったから、黙って香澄の横顔を見ていた。

次の瞬間。暗くなり始めた空の色が、瞳の中に映り込んでいる。

「あっ！」

ドォン、と。不意に、その瞳の中に華が咲いた。

身体《からだ》の芯まで響くような、深い音が聞こえる。

「おい、見ろよ香澄！　花火だ‼」

「ふふ。綺麗だよね」

この夏祭りは花火大会も兼ねていたらしい。

それにしても、香澄の反応がなんだか思っていたのと違う。

絶対俺よりもはしゃぐと思ってたのに。

「………もしかして、今日花火あるって知ってた？」

「バレたか。うん、はい。知ってました」

やっぱり。おかしいと思った。

「だから行き先、ここにしたんだよ。お肉屋さんでチラシをもらった時は、蓮くんにバレたと思って心臓バクバクだったんだから」

香澄はそう言って、両手で胸を押さえて無邪気に笑っている。

それからは二人で、ただただ空を眺めてた。

幼い頃の香澄も、こんな風に花火を見上げたのだろうか。

「花火にも何か思い出があるのか？」

「ううん。ないから、作りに来たの」

香澄は空を見上げたまま、そう言った。

「ただ、蓮くんと一緒に花火を見たかっただけ」

その横顔から目を離せず、俺は花火を見るフリをして、香澄の横顔ばかり見つめていた。

七. 「好き」の答えなんて二種類しかない

夏休みも中盤に差し掛かり。

「琴乃《ことの》。あのさ、進捗どんな感じ？　ラスト、どれぐらい決まった？」

「…………………すみません」

そろそろ、本格的にラストが決まらないとヤバい。そんな空気になってきた。そのせいで、いつも楽しく過ごしていた空き教室に、ピリピリとした空気が流れ始めている。

この謝罪は、まだ全然決まっていない、という意味だろう。琴乃は心底申し訳なさそうに俯《うつむ》いて、自らが作った脚本を眺めている。

「出来れば、今週中には決めて欲しいと思ってるんだけどさ、厳しそう？」

俺だって、本当はこんなこと言いたくない。しかし、琴乃が脚本を担当してくれていて、俺が監督である以上、こういうのは俺の仕事だ。琴乃がどうしても書けないというなら、代案を出す必要がある。友達だから、と遠慮してなぁなぁで進めている時間はない。

そもそも、遠慮しないと壊れるような関係だと思っているなら、頼んでいない。

「前も言ったけどさ、俺が力になれそうなことがあったら、ガンガン言ってくれよ？」

「…………気持ちは嬉《うれ》しい、ですけど。ないんです。頼めるようなこと。案がないことに悩んでいるわけではなくて。それはあるのに、あと一歩足りないような感じがするというか。こんなんじゃなれないって、どうしても思ってしまって」

「何に？」

「ッ……今のは、言葉のあやです。とにかく出来ない私が悪くて、だから申し訳ないって言ってるじゃないですか！　頑張りますから。だからっ！」

「何でも自分のせいにしない方がいいよ」

顔面蒼白《がんめんそうはく》な琴乃に、俺たちの様子を窺《うかが》っていた香澄《かすみ》が声をかける。

「そういう言葉を言われたら、それ以上責められなくなっちゃうから。そりゃあ色々あるのは分かるけど。完成度にこだわってくれてるのも、もちろん分かるけど、コンテストを目標にしてる以上、期限内に形にする方が大切だよ。もうそろそろ……」

その声色は優しかったけれど、キツく突き放すように感じた。

確かに、琴乃の言い方は珍しく逃げ腰だが、ずっとそっち側で生きてきた俺には、気持ちが痛いほど分かる。「だからもう許して」と。その一言がどうしても言えないがために、全て自分のせいにしているのだから。

責任感の塊のような香澄の言葉は、正しいせいで、弱った心に突き刺さる。四月の自分を思い出しつつ、フォローを入れようとした時には、もう手遅れだった。

「香澄さんだって、最近まで悩んでたじゃないですか！　いいですよね。やっぱり最初から持ってる人は、違うんですね。ずっとうじうじ悩んでる私とは全然違う‼」

「だから、そんな風に自己完結しないでよ！　全部持ってるからって片付けて、そんなわけないじゃん。私がそんな人間だったら、今も冬華《ふゆか》さんみたいにアイドルやってるよ‼

私だって、そうしたかったよ！」

「ッ…………」

「才能とか、そんな言葉で片付けないでよ。確かに私は色々恵まれて生まれたのかもしれないけど、それをどうにか使うために私だっていっぱい努力してるの！」

「それでも、香澄さんは香澄さんじゃないですか。努力したら報われるのが当たり前な香澄さんからしたらそうかもしれませんけど、私と柏木《かしわぎ》くんは…………」

「何？　私がいるから上手《うま》くいかないってこと？」

「そうは言ってないです。ただ、付いていけない私が全部悪いのかって思ってるだけで！」

「琴乃ちゃんにはそんなこと言う資格ないよ。だって、それって元々出来ないことを頼まれてるから出来なくても仕方ないって言ってるみたいだけど。実際、琴乃ちゃんがやってないだけじゃん。ずっと逃げてるだけじゃん！」

「そんなこと」

「私と蓮《れん》くんは、本気でやってるんだよ。でも琴乃ちゃんは、ずっとゲストって感じじゃん。もちろん付き合ってくれてるのは分かってるけどさ、いつまでも仕方なく手伝ってるお客様感出すんだったら、もうやめたらいいよ。本気でやらないなら、遠回しに、この場所は私のものだったなんて言わないでよ！」

「ッ～～～～！」

声にならないしゃくり声をあげた琴乃は、まるでそのまま死んでしまいそうなほど、真っ白な顔をしていた。そして、俺の顔を見た後に立ち上がり、バンッと俺に台本を投げつけて、そのまま教室を出ていってしまった。

琴乃が去り。俺と香澄、二人だけが残った教室は、お互いの息づかいすら聞こえるほど、シーンとしていた。

「……香澄、今のは流石《さすが》に言いすぎ」

「………蓮くん」

「琴乃にだってやることあるのに、俺らを手伝ってくれてるんだから。俺たちみたいにウインウィンの関係ならまだしも、琴乃にそこまで求めるのは間違ってるだろ」

「そう、だね。最低だ、私。最低なこと、言った」

さっきまで大声で琴乃と言い合っていた香澄は、まるで消えてしまいそうな声でそう呟《つぶや》いた。そして、落ちた台本を拾い上げて、ギュッと抱きしめる。

「友達じゃなきゃ言わないよ、あんなこと。私みたいになって欲しくなかったの。だって手遅れになったら、ああやって表に出すことも出来なくなっちゃうから」

「………香澄」

「全部自分のせいにして、それでいいって思い込んでる、そんなところが私みたいでさ。助けてあげたい、なんて思っちゃった」

「………」

「あとは、うん、怒ってるのかも。大事な友達に、私なんかって言わせるような憧れにしかなれない、自分自身に」

香澄はそう言って、塞ぎ込むように蹲《うずくま》って泣き出した。

「謝りたい、けど。琴乃ちゃん、私に謝る機会、くれるかなぁ……?」

「それは……」

「初めて出来た友達なの。だってほんとはっ、支えにならないといけないのは私のはずなのに。琴乃ちゃんのこと強いって決めつけて、これぐらい言っても受け止めてくれるだなんて、私、甘えすぎだ………」

香澄の気持ちが、痛いほど分かる。

そうだ。甘えすぎた。

「俺の方こそ、ごめん。香澄にあんなこと言わせて」

俺がもっとしっかりしていたら。せめてあそこで声をかけずに、今日の夜、電話をして聞き出していたら。

琴乃にとって香澄は推しで、憧れなのだ。

そんな香澄の前で弱さを曝《さら》け出せるわけがないことなんて、俺が一番良く分かっている。

だって俺だって、フユねぇにだけは弱さを見せないように生きてきたから。

「蓮くんは悪くないよ。ていうか、すれ違っちゃっただけで、多分誰も悪くないよ」

だからこそ、余計に拗《こじ》れてしまっているのだろう。

そもそも俺が、エスカレートする前に止めに入れていたら。

俺は香澄の冷たい手を握りながら、琴乃にどんな言葉をかけようかばかり考えていて、そんな余裕のない俺に心底失望していた。

その日の夕方。俺は琴乃の家を訪れていた。

家の人に自分のことをどんな風に説明しようか、と尻込みしつつインターホンのチャイムを鳴らしたわりに、「琴乃のお友達なの？　どうぞ」と琴乃のお母さんの反応はあっさりしていて驚いたものである。

「あの子、いつも部屋に篭《こも》りきりだから。部屋まで案内するわね」

と、琴乃の部屋まで案内してくれることになったのだが、見かけでも相当大きかった家は想像よりも広く、琴乃によく似た後ろ姿を見ながら歩く時間といったら息が詰まるどころの話ではなかった。

琴乃からは散々両親が厳しいという話を聞いているが、突然来訪した娘の友人を家にあげてくれる辺り、ご両親なりに琴乃のことを心配しているのかもしれない。だって俺に用件を聞きもしないなんて、どうして俺が琴乃を訪ねてきたか分かっているみたいだ。

ということは、帰宅した琴乃の様子がよっぽどおかしかった、ということも指し示すわけで。

「ここよ」

「ありがとうございます」

琴乃の部屋の、ドアの前。

俺は深呼吸をしてから、オシャレなドアをノックした。

「琴乃？　俺だけど」

返事がない。寝ているのだろうか。

そう思う反面、なんだか嫌な予感がする。

俺が無礼を承知でドアを開けると、そこには泣き腫らした目で、ベッドの上にへたり込んでいる琴乃がいた。

「……あは。ほんとに柏木くんだ」

制服のまま、虚《うつ》ろな瞳で、床一面に散乱させた、アイドルのポスターや写真を見つめながら。

Side：久遠《くおん》琴乃

どうして柏木くんじゃないといけないんだろう。

最近はあまりにも苦しいので、そんなことを考えては泣けてくるような毎日を過ごしている。

何かを好きだと認めるのは辛い。自分に振り向いて欲しいと望むのは辛い。

振り向いてくれなかった瞬間に、その想《おも》いが報われなかった瞬間に、何もかも失ってしまうから。その点、アイドルはいい。近づきたいなんて思っていないと、最初から望んでいないフリをすれば楽に好きなままでいられる。

それは極論、何もかもに対してそうで。

自分自身に期待しなければ、出来ないことには手を出さなければ、自分を嫌いにならないままでいられる。

「何、してるんだ」

「見た通りです。分不相応なことしてた私に、現実を見せてあげただけ」

そうやって生きてきたのに、なんてことしてくれるかなぁ。

目の前でオロオロしている柏木くんを見ていると、なんだか笑えてきた。

あのあと、香澄さんは何て言ったんだろう。

柏木くんに泣き縋《すが》っていなければいいな、と思う。

そうしたいのはずっと私の方なのだから。

「なんか、もう、惨《みじ》めになるんです。やっぱり私、違った。二人みたいになれなかった。背中を追いかけて、必死に走ってみたけれど、その間に背中すら見えなくなっちゃいました」

やっぱり私は、変われない。

どうしても認められない。

変にプライドが高いせいで、惨めに泣くしかない私のことを、許せない私が大嫌い。

ここで一緒に頑張るから助けて欲しい、と泣き縋れたらどれだけ良かっただろうか。そんなものはきっと、私じゃないのだけれど。

――――琴乃ちゃんにはそんなこと言う資格ないよ。

そんなこと分かってる。

私は、もうとっくに柏木くんの隣にいる資格を失ってしまった。

元々勝ち目なんてなかったけど、無意識のうちに、誰のものにもならないと思っていた。

私に振り向いてくれないことは分かってる。だからせめて、一番仲のいい女の子は私でありたかった。

振り向いて欲しいとは言わないから、なんて枕詞《まくらことば》をつけて、かなり強欲な話だ。

「最後のシーンは、プランBでいきましょう。少女が自殺したことにして、ここからは香澄さんと二人で撮りきってください。楽しかったです。少しでも、変われたような気がして」

もうダメ。無理だ。抑えきれない。

こんなことを言いながら、唯一捨てられなかった、手の中のブレスレットを握りしめている自分があまりに惨めで、泣きたくなってしまう。

――本気でやらないなら、遠回しに、この場所は私のものだったなんて言わないでよ！

香澄さんに言われて、ガツンと目が覚めた。

「勝ち目がないから」とか、「最初から期待してない」とか、色々自分に言い訳しているけれど。本当はずっと心の片隅で信じていたのだ。

柏木くんは本当は私を好きで。ふゆちゃんはいつかステージから私を見つけてくれて、私は頑張ってるって声をかけてくれるって。

でも、そんな未来、一生来ないよ。

生で見て余計に分かった。ふゆちゃんは、私なんかが好きでいることすら申し訳ないほど、カッコよくて、香澄さん無しの cider《サイダー》 × cider を盛り上げるために、全力だった。

自分に都合の良い夢を見ていたって、結局、最後に何かを手に入れられるのは勇気を出した人だけなのに。

「なんで、そんな、急に全部捨てようとするんだよ。今までずっと一緒にやってきたのに……」

「でも、私がいなくても成り立つ。そうですよね？」

柏木くんの未来に、私はいらない。だって同じ熱量で寄り添える、香澄さんがいる。

彼がずっと欲しかったのは、お互い変われないままなのを正当化出来るように、傷を舐《な》めあえる相手じゃなくて、自分を新しい世界に連れて行ってくれる人だったのだ。

そんなことは知っていたけれど、私には到底、なれるわけもなかったから。

そんな柏木くんが香澄さんを選ぶのは当然で。

ただの友人サポートポジションの私なんて、いくらでも替えがきく。

そんな二人を見るたびに私、きっとまた、こんな風に惨めになる。目の前でどんどん開いていく、埋まらない差を見ては、私の嫌いな私になる。

だって私、今、あんなに大好きだった香澄さんにさえ、八つ当たりで酷《ひど》いことを言って、逃げてきたんだから。

『こんな私が今更、切ないなんて言ったらダメかな』

ふゆちゃんがＮステで歌っていた言葉。

そうだよ。ダメなんだよ。だってもうどうにもならないんだから。

そもそもあれだけ時間があったのに、私は何も出来なかったんだから。

発展性のない感情をこれ以上、大切に抱えていられない。一歩なんて踏み出さなければ良かった。クラスの真面目な委員長のままいた方が、絶対に傷つかなかったはずだ。

じわ、と滲《にじ》んでくる涙を必死に止める。

だってここで泣いたら私、琴乃がいたから、こうしてここまで来たわけで……」

「そんなわけないだろ。琴乃がいたから、こうしてここまで来たわけで……」

「無責任だってことですか？」

「そうじゃなくて。ただ、俺は琴乃と最後まで一緒にやりたいだけだよ！」

「なんで。香澄さんがいるのに？」

「香澄と琴乃は違うだろ。だからさ、もうちょっとだけ一緒に頑張って……」

柏木くんの、その一言を聞いた瞬間。

私の中で何かが切れてしまった。

いつだってそうだ。いつだって柏木くんは、何にも分かっていない！

「頑張ってないと思ってるんですか」

「……え？」

「柏木くんは私が頑張ってないと思ってるんですか⁉　頑張ってますよ！　精一杯頑張って、頑張って頑張って、一生懸命背伸びしても、私はこれしか出来ないんですッ‼」

柏木くんは、本当の意味で自分の限界を感じたことがないからそう言えるのだ。

頑張ればどうにかなるなんて根性論が、全人類に適応されると平気で思っている。

「琴、乃」

「教えてあげますよ。普通の人は基本的に、何にもなれないんです。香澄さんみたいな人はほんの一握り。今までの柏木くんが、普通だったんですよ」

「…………ッ」

ショックなんか受けないで欲しい。

だって、私の方が確実に傷ついている。

と、そんなことを思って、香澄さんもそうだったのだろうかと頭の片隅で考えた。

でも今は、せめて柏木くんに同じだけ傷ついて欲しくて、言葉が止まらない！

「柏木くんは優しいけど、優しくするだけして、追いつけないところまで行くなんて、それなのに隣にいるみたいに声をかけてくるなんて、残酷です。それならいっそ、巻き込まないで欲しかった！」

嘘《うそ》。巻き込んでくれて嬉しくて、嬉しいのに、期待に応えられない私が嫌で。

でもそんなことを思うのは、苦しいのは全部、誰のせい？

「だって私、あなたのことが好きなんです」


こんなタイミングで言いたくなかったけれど、一度喉から溢《あふ》れ出した言葉は止まらない。

「私は、久遠琴乃はっ、柏木くんのことを恋《こ》い慕っているんですっ……！」

「…………」

柏木くんから返事はない。それでも目は逸《そ》らしたくなかったから、信じられない、といった顔で固まっている柏木くんの目を見つめ続けた。

あぁ、綺麗《きれい》だな。

こんな薄暗い部屋の中でも、夕焼け色に透ける瞳は、私の好きな色のままだった。

「柏木くんはいつも、私が好きって言っても、好きって返してくれませんよね。この前だってありがとうって言った。好きの返事は、好きしか価値がないんですよ。頭いいのにそういうところ、バカだなぁ……」

柏木くんはバカで、鈍くて、こんなに報われないのに、嫌いになれない自分が、嫌いで。

「でも、そういうところも、全部好き。こんなにめんどくさい私に執着されちゃうところが好き。こんな状況でも逃げ出さずに、最後まで私の話を聞いてくれようとしてるところが好き。理解しようとしてくれてるところが好き。私にこんなこと言われても、傷ついた気持ちを表に出さないようにしてる優しさも好き」

全部好きなんです。

だから、もう、やめて。

「私が欲しい言葉一つくれないくせに。嘘でも好きって言わないくせに。それでもそばにいられたらいいやって思ってたのにっ！　唯一の私の居場所がどんどん香澄さんのものになっていって、香澄さんと歩くあなたを見て！　私がどれだけ辛《つら》かったかなんて、柏木くんには分からないんでしょ⁉」

――どうして私じゃダメなの。

顔を見られないように俯けて、そんな言葉を飲み込んだ。

まとわりついてくる髪の毛が鬱陶しい。

あぁ、もう。これ以上私を惨めにしないで。

「帰ってください。返事は分かってるんです。明日から私、ちゃんとまた、ただの委員長に戻りますから」

そう言って立ち上がり、柏木くんを扉の外へ追いやる。

運動部でも活躍している柏木くんに本気で抵抗されたら敵《かな》わなかったはずだけど、柏木くんは、されるがままになってくれた。

それだけショックだったのかもしれない。

だってずっと、私が望んで、見せても引かれない部分までしか見せてこなかったから。

バタン。扉を閉める。こんな暗い部屋では、星も見えない。

それから、弾《はじ》かれたように、神様みたいに微笑《ほほえ》んでいるふゆちゃんの写真を掬《すく》い上げる。

「っ……ふ。うっ、あぁぁああ、っぁ」

嗚咽《おえつ》が喉からこぼれ落ちた。

ごめん。ごめんなさい。もうしないから。

振り向いてくれないならいらないなんて、そんなに合理的に生きられない。

手を取って欲しい。慰めて欲しい。言葉に出さなくても全部分かって欲しい。何も出来なくても好きでいて欲しい。

「私なんかが、好きになって、っごめんなさい……」

この気持ちは柏木くんを困らせるから一生言わないつもりだったのに。

全部叶《かな》わないのに、嫌いになんてなれない。

私はあなたを独り占めしたいんじゃなくて、必要とされたかった。気を遣われるんじゃなくて、同じ土俵で、苦しませて欲しかったんです。

ただそれだけなんて、私には贅沢《ぜいたく》な話なのだろうか。

それから私は右手で涙を拭おうとして、手の中にあるブレスレットの存在を思い出し、左手に持ち替えた。

こんなに苦しいのに捨てられないなんて。

「………惨め」


それから私は、死んだようにベッドに寝そべって、それなのに頭は冷静で寝付けなかったから、ひたすらふゆちゃんの写真を眺めて涙を流していた。

そんな私に声がかかったのは、柏木くんが帰ってから三時間ほど経《た》った頃である。

「琴乃？」

「はい」

「あら、起きてたのね。夜ご飯が出来たから降りていらっしゃい」

母だった。母は私のこんな様子を見ても、何かあったのかとは聞いてこない。

それは聞いたら悪いと気を遣ってくれているのか、はたまた純粋に興味がないのか。後者なのだろう。そんなことをわざわざ聞いて、傷つくだけのメンタルはもう持ち合わせていない。

本当はお腹《なか》なんて空いていなかったけれど、私は重たい身体《からだ》を起こして階段を降りた。

そして、人形のように大人しく食卓につく。

「なんで制服のままなんだ？　今日は帰ってくるのが早かったんだろう？」

「……はい」

「昨日は、友達に勉強を教えてくるから遅くなると言っていたはずだったが」

「それは、もういいんです」

だって明日から、もうあそこに行くことはなくなる。私の役の女の子が自殺したルートの脚本はもう渡してあるから、迷惑をかけることもない。

「そうか。それならいい」

「本当はね、前、琴乃の部屋に入った時に、何かの脚本みたいなものがたくさん出てきてビックリしたの。琴乃は優しいから、何かに無理やり付き合わされてるんじゃないかって……」

「勝手に私の部屋に入ったんですか⁉」

信じられない。それだけはやめて欲しいって、何回も何回も言ってきたのに！

「ええ。でも、軽く掃除してあげようと思っただけよ？」

「っ……余計なこと、しないでください！　脚本は、友達が困っていたから協力しただけで。ていうかもう、今日ちゃんと、断って。手伝うのはやめましたし！」

「そうか。なら良かった。そんな琴乃にメリットがないこと、続ける必要ないからな」

メリットのないこと。それはそうだ。だって私は柏木くんといたかっただけで、本当は映画にそこまで興味があるわけではないのだから。

それなのに、その言葉に頷《うなず》くことが、どうしようもなく苦しく感じてしまった。

「そうよ。さっき琴乃のお友達が訪ねてきたけど、そういうことだったのね。そのお友達、映画でも作っているの？　琴乃までそんな成功するかどうかも分からないようなくだらないことに付き合う必要はないわ」

くだらない、こと？　何が？　私みたいに生きることの方が正しいっていうの？

何にも本気になれず、友達もいないまま？

「私にメリットがなかったら、やったらダメなんですか」

私の喉から別人のように冷たい声が出て、ゾッとした。

「………何？」

「私の将来に役立たないものは、全部いらないものなんですか？」

「そうとは言ってないだろう。ただ、琴乃のやりたいことが第一だという話であって」

「ッ私の！　趣味も娯楽も、今までそうやって全部、私の人生から排除させてきたくせに！」

「……琴乃？」

今回は自分から、逃げたくせに。本当は今までの人生だって、求められてないのを言い訳に、出来ないことから逃げてきたくせに。

「私のやりたいことが勉強だと思ってるの⁉　私が本当に、そんなことばかりやって生きていきたいと思ってるッ……⁉」

そうだ。全部親のせいにして、こうやって自分で考えることからすら、逃げ続けてきた。じゃあ何がやりたいの？　そんな脳内の声を直視するのが嫌で。

分かんないよ。それが言えないからずっと逃げて、『良い子』として生きてきたんじゃない。

上手く言葉に出来ない思いがずっと喉の奥にはたまっている。

「それは琴乃が話さないから……」

「話せるわけ、ないでしょう！　だって前に一度、こんなことを言ったら！　私なんて娘じゃないって言ったじゃないですか‼」

忘れていた思い出が、ポロリと口から飛び出た。

嫌いだ。もう何もかも。分かってくれない両親も、私のことも、こんな世界も。

「私だってもちろん悪いけど、そんな私を作ったのはあなたたちでしょう⁉　それに、自分たちが理解出来ないからって、くだらないなんて決めつけたりしないで！　私にとっては、っ私の友達にとっては大事なものを馬鹿にするのは許さないから‼」

喉奥と目頭が焼けるように熱い。

誰でもいいから私の代わりに生きてくれないだろうか。この先の人生を。

もう、もう私には、どうしていいのかが分からない。

「私は二人の、立派な娘って名前のお人形になるために生きてきたんじゃない！」

突き刺さる視線が痛い。

二人は、信じられないものを見るような目で私のことを見ていた。

ずっと『良い子』だった娘が急にこんなことを言って、驚いているのだろうか。

お前なんてもう娘じゃない。すぐにそう言われると思っていたから、その反応に驚いたのはこっちの方だ。

「ッ………」

こんなことを言った以上、もうここにはいられない。おめおめと部屋に戻ることなんて出来ない。少なくとも耐えられそうにない。

気づいたら私はリビングを飛び出し、玄関で目についた靴を履いて走り出していた。

「っ、は、っうわぁあぁあああ‼」

そして、よく分からないまま当てもなく走って、足がもつれて転んでようやく止まることが出来た。

膝がじんじん熱い。痛いすら通り越して、熱い。

「あぁ、っぅ、うぇえええええん」

空を見上げても星は見えない。それは滲む視界のせいなのか、今日の天気のせいなのか。

いくらふゆちゃんのことを思ったって、こんな時に助けになってくれるわけじゃない。

推しは人生を豊かにはしてくれるけれど、本当に致命的な時には救ってはくれないのだ。だって推しの人生に乗っかって、夢を叶えるまでのストーリーを、共有してもらっているだけだから。

私は靴を脱いで、どうにか座る場所を探そうと歩き出した。

私が履いてきた靴はよりにもよって、ヒールのついたミュールだった。おかげで足は靴擦れを起こし、酷い有様《ありさま》である。

こんな靴を履いて歩いていられるのは、支えてもらえる誰かのいるお姫様だけ。そうじゃないなら、最初からスニーカーで勝負しないといけないのに。

「……いい加減、思い知ってくださいよ」

それなのに、こんな時に思い浮かぶのは、柏木くんのことばかりで。

どうにか縁石に座り、ぼぉっと地面を眺める。

これからどうしよう。

そんな時、太ももにバイブが伝わる感触があった。

「スマホ、持ってきてたんだ」

どうやらスカートのポケットに入れたままになっていたらしい。

両親が電話でもかけてきたのだろうか、と画面を見て、心臓が止まるかと思った。

「柏木くん……」

夕方の私の様子を心配してかけてきてくれたのだろう。

それはあり得ることだと思っているけど、やっぱり私は、運命だと思ってしまう。

「もしもし？　急にごめんな。琴乃、今話せる？」

優しい声に、涙が止まらなくなった。

――――柏木くんしかいないんですよ、私には。

「助けてっ、ください」

「え？」

「家出したんですっ……」

弱さを見せたってあなたは私のものにはならないのに。そんなこと、分かってるのに。

「琴乃‼」

その数十分後、柏木くんは走って私のところまで来てくれた。

道路の向こうから私を呼ぶ声が聞こえる。

その姿が近づくごとに、嬉しいはずなのに、ズキズキ胸が痛んだ。

私の恋はきっと、今日、死んでしまうだろうから。

八．あなたがアイドルじゃなくて良かった

失敗した。失敗した。失敗した。失敗した失敗した失敗した失敗した。

俺は一体、どこで間違えたのだろう。どこから致命的に間違えていたのだろう。その分岐点すら分からない。分からなかった自分のことが、分からない。

だから今、こんなことになっている。

あれだけ毎日話をしていた。予兆はどこかにあったはずだ。

それなのに、俺はいつも、自分のことで一杯一杯で。

琴乃《ことの》のことを知ろうとする余裕がなかった。

いや、そうじゃない。きっと、怖かったんだ。琴乃が付き合ってくれるのをいいことに、同じ気持ちだと思い込んで、同じ熱量を要求した。

それが俺の自己満足でしかないって、気づいてしまうことが怖かった。

「最低なのは、俺じゃねーかよ……」

元々、琴乃が危ういバランスで成り立っていることは知っていた。

やりたいことと、やらなければならないことのラインをしっかり引いて。

例えば、明日までにやらないといけない課題があったとする。琴乃は、たとえ体調が悪かったとしても、絶対に徹夜でやる。みんなが出せないから諦めると言っても、やる。

琴乃は、自分がやりたいことや望んでいることよりも、やらなければいけないことを確実に優先する。そんな生活をずっと続けているのは分かっていた。

でも、平気な顔をして当然だと言うから、もっと強いやつだと――――。

「いや、違うな。強いやつだと思いたかったんだ」

俺とは違って着実にやることはしっかりやる、そのカッコいい姿が好きだったから、勝手に『委員長』を当てはめていた。

本当の琴乃は、いつからあれだけボロボロだったのだろう。

――――私は、久遠《くおん》琴乃は、柏木《かしわぎ》くんのことを恋《こ》い慕っているんですっ……！

挙句の果てに俺は、琴乃の切実な想《おも》いを、踏み躙《にじ》り続けていたのだ。

友達だと自分に言い聞かせて、その兆《きざ》しを全て、都合よく解釈した。

琴乃のことはもちろん好きだ。でもそれは友人として大切だ、という感情のもので。

琴乃に言われたように、好ましいと言われた時に「ありがとう」と返した俺の気持ちは、琴乃と同じ温度をしていないのだろう。

でも、俺は琴乃の誕生日を言える。好きな食べ物も、嫌いな食べ物も言える。困った時に小首をかしげる癖も、案外大雑把なところも、好きな色も、嫌いな教科も知っている。

そんな相手は、他人との関わりが希薄な俺にとって、琴乃一人だけだ。

好きかどうかは、今はまだ分からない。でも特別なことに変わりはない。

だって、自分以外にほとんど興味を持てなかった俺が、五年間も一緒にいたのだ。

そんなの、好きじゃないならあり得ない。

あんな姿は見たくなかったなんて、傲慢だ。心の大事な部分がポッキリと折れてしまったような。自分には何もないと、ひたすら自分を責めているような。そうだ。琴乃は散々俺を責めるようなことを言いながら、最後は自分が悪いとでも言うようだった。

「なんで、そんなに自分に自信がないんだよ……」

どうにかしなきゃいけない、と頭では考えているのに、脳裏から虚《うつ》ろな目をした琴乃の姿が離れないせいで、何も思い浮かばない。

ただただ、疲れた。最低な自分に。

そんな感情が俺を覆いつくして、潰れてしまいそうだった。

路上の石を蹴り飛ばす。雑草の中に跳ねていったそれは、一瞬で見えなくなってしまった。

その日の夜。俺は正座をし、スマホを握りしめていた。

「このままじゃ、ダメだ」

一人になって考えてみたが、やはりあのままの琴乃を放っておくわけにはいかない。せめて電話で一言だけでも、伝えておきたいと思ったのだ。俺と香澄《かすみ》は琴乃のことを待っているのだと。他の誰でもない琴乃だからこそ必要なのだと。

もう一方の手の中で、琴乃が俺に作ってくれたビーズのブレスレットを握りしめる。あの日以来、勿体《もったい》なくて部屋に大事に大事に飾っていたそれは、薄志弱行な俺に、勇気を出す力をくれた。

「っし、押すぞ……！」

精一杯の勇気を振り絞り、通話ボタンを出す。

一コール。二コール。三コール。出た！

「もしもし？　急にごめんな。琴乃、今話せる？」

「助けてっ、ください」

「え？」

「家出したんですっ……」

慌てて家を飛び出し、その数十分後。

電車に飛び乗り、駅から電話で言われた場所まで走ると、そこには傷だらけの足で道路のそばにうずくまっている琴乃がいた。

「琴乃‼」

「ッ………あ」

琴乃は俺を見て、ジュワッ、という効果音が聞こえるような泣き顔になって。そのすぐ後に、罪悪感にまみれたような笑顔になった。

「来て、くれたんですね」

「そりゃ来るよ。だって……」

「友達だから？」

「いや、心配だったから。琴乃、こんな時間に一人で出かけたことないだろ」

箱入りお嬢様扱いしないでください。てっきり、そう言われると思ってそう言ったのだが、琴乃は弱々しい声で「そうですね」と呟《つぶや》くだけだった。

「両親と、喧嘩《けんか》したんです。初めて。私はあなたたちのお人形じゃないって言ったら、二人とも固まっちゃって。何も言えないまま、逃げてきちゃいました」

「あぁ、それで」

道理で、ボロボロになったオシャレな靴を手に持っているわけだ。計画性のある家出なら、スニーカーを履いてくるだろう。そんなことを思いつつ、自分のせいで家出したのではない、と分かったことに安心してしまっている自分に嫌気がさした。

琴乃はまだ制服のままだった。しかも、目は完全に充血している。あれからずっと着替えもせずに泣いていたのだろうか。

あの暗い部屋で、一人、床に散らばったフユねぇの写真を見つめながら。

「すみません。私、柏木くんに頼れるような立場なんかじゃないのに」

「立場って、そんな」

「それでも私、柏木くんしか頼れる人、いないんです」

目が合った。ギュン、と吸い込まれそうな瞳をしている。

「私、何でもしますから」

それはなんていうか、言葉では言い表しにくいけれど、香澄とは別の引力を持っていた。

「……琴乃？」

琴乃も必死でここまで走ってきたのか、薄い夏の制服は汗でうっすら透けている。

俺は、細い首もとに視線がいきそうな自分の太ももを強くつねり、喉奥から言葉を引っ張り出した。

「お金ない」

「はい？」

「だから、お金ない。ごめん。慌てて家出てきたから持ってなくて、残金百五十円だから逃走資金とか貸せそうにないんだよ」

「…………ふふ。あははははっ。誰がこの状況で、お金貸して欲しいってことだと思うんですか！　違いますよ‼」

「え？」

「こっちが、え？　ですよ。あ――、もういいです。あわよくば同情でクラッときて、柏木くんの家に連れて行ってくれないかなぁとか思ったけど、期待した私がバカでしたね」

え⁉　今のそういうこと⁉

まさかの家連れ込みチャンス⁉　いやチャンスとか言うな俺、アホか⁇

「いや、あの、俺の家来てもらうのは全然アリです。何もしないです。約束します。魂に誓います」

「魂に誓われても」

必死で弁解している俺を見てクスクス笑った琴乃は、諦めたように言葉を続けた。

「もういいですよ。私、そんなに魅力ないですか？」

「いや、ヤバかった。実際。マジで。俺が香澄勘違いフィルターを持ってなかったらもう……あ」

「露骨に気にされても。でも、そっか。それなら、香澄さんが来る前に、もっと色仕掛けしておいたら良かったかな」

「え」

琴乃はそう言って、とんとんと自分の横を叩《たた》いた。

「座ってください。柏木くんが面白い話してくれたら、家に帰ります」

「私が納得しなかったら、ここで二人で夜を明かしましょう」

「急に俺の肩にそんな重し載せるか？」

俺は琴乃の隣に腰を下ろし、信頼です、やら何やら言っている琴乃が、素直に聞いてくれそうな話を考えた。

「じゃあ、さ。昔話していい？」

「いいですけど」

「琴乃はさ、俺のことすげぇ陽キャみたいに言うけど、本当は俺も友達いないんだよ」

「え？」

「大体適当にその場のノリで喋《しゃべ》ってるだけだからさ。いつどんな話したとか大体覚えてないし、そういう関係のやつらも普通に好きだけど、大切とまではいかないっていうか。俺がそんなんだからあっちも割とそんな感じでさ、中学卒業したら琴乃以外連絡取らなくなったのって、多分そういうことなんだよな」

今の高校に、琴乃の他にも、同じ中学出身のやつはいる。その中には、わりと仲良くしていたやつもいる。でもきっと、もう話すことはないだろう。

俺はそんな浅い付き合い方しか出来ないんだ。

ずっとそう思っていたし、何故《なぜ》だかショックでもなかった。

「琴乃もさ、最初は俺にとってただの委員長だったんだよ。でも琴乃に言われた言葉で、俺、忘れられないのがあって」

「……何ですか」

「あの頃から俺、何か夢中になれるもの探したいって、広く浅い趣味してたじゃん？」

「はい」

「でも、いろんな部活に浅く出入りしてた俺をよく思ってないやつに、遠回しに嫌味言われたりもしてたんだよ。他人のことなんだから放っといてくれよ、って思ったりもしてたんだけど、ちょっとずつ気にするようになって。本気でハマれるものを探してるとか、今度はこれにチャレンジするとか、そういうこと話すのやめようかなって思いかけてた時に、うっかり琴乃に話しちゃってさぁ」

やっちまった、と思った。どうせ引かれるのだろうと、身構えて、そこからいっぱい保険をかけた。まぁ大したことないんだけどさ。ほら、暇つぶしっていうか。思ってない言葉もたくさん言った。ごちゃごちゃした俺の言葉を聞き終わった時、琴乃は――――。

「好きなものがたくさんあるんですね、って言ったんだよ。羨ましそうな顔で」

「私、そんなこと言いました？」

「言った。もう俺、嬉《うれ》しくて。そうなんだよ！　どれも嫌いなわけじゃないんだよ！　って。同じぐらい好きなんだけど、あと一歩足りないから探してるだけなんだよって、早口でまくしたてちゃってさ」

「その時の私、ドン引きだったことでしょうね」

「うん。冷めた目ぇ、してた。でもそれでも嬉しくてさ。なんていうか、救われた気持ちになった」

俺が琴乃を『特別な友人』だと認識し始めたのはそこからの話である。

分かって欲しいとは言わないと強がっていたけれど、あの頃の俺は、誰かに認めて欲しかったのだろう。自分は正しいと信じ込むために。

「だから、俺も琴乃の話、聞きたいなって」

「……家出したわけですか？　柏木くんは私をノせるのが上手《うま》いですね」

「今のそんな風に聞こえた⁉」

「はい。バリバリ。でも、気に入ったから、話してあげます」

琴乃はそう言って、両親のことを詳しく話してくれた。

ずっと『優秀な娘』を演じて生きてきたこと。

両親に勉強の話しかされず、それ以外は放っておかれること。そのくせ門限だけは厳しく、非行に走らないように縛られているということ。

「二人とも興味なんてないんですよ、私に。だって顔を合わせたら学校とか成績のことばかりで、私自身の話なんて一つも聞いてくれたことないんですから。誕生日だって毎年文具セット渡してくるぐらいですよ？　信じられます？」

「それって、さ」

「はい」

「もしかすると、琴乃との関わり方が分かってないだけの可能性ない？」

琴乃は、心底きょとんとした顔をしていた。

「…………え？」

「ほら。琴乃と話したいけど、思いつく共通の話題が学校と成績のことしかなかったとか」

「そんな、こと」

「で、門限とかはマジで琴乃のことが大事だからとか。逆に俺なんかは両親共に放任主義で共働きだから、こんな時間に家飛び出しても何も言われないし。たまにもっと縛ってくれてもいいんじゃないかなって思うぐらいだよ」

別に寂しさを感じているわけではないが。

琴乃の話では、いつも帰ってきたら一言声をかけられるという。

本当に琴乃のことを大事に思っていない両親なら、外面さえ良ければいい、といつ帰ってきたかすら気に留めないのではないだろうか。誕生日プレゼントだって、渡さないような気がする。もし本当に大事に思っていないのなら。

「だからって娘じゃないって言ったのは言い過ぎだし許せないけど。そんなこと言っちゃったから、余計素直に、琴乃の話聞けなくなったのかもな」

「嘘《うそ》です、そんなの。それならちゃんと、私のことが分からないって話してくれないと……っ！」

琴乃はそう言って、あ、と声を漏らした。

「…………私も、よく考えたら両親のこと、全然知らないかもしれないです。そんなこと聞かなかったから」

「……そっか」

「はい。確かに、こうしろって強要されたことはないかもです。琴乃のやりたいことが第一って言うのはずっと、自分たちの言いたいことを察して良い子でいろって意味だと思ってたんですけど、もしかして本当に私のやりたいことが分からなかったとか？」

「それは分からないけど。それを、今から話し合ってみたらいいんじゃないか？」

「う……」

黙り込んだ琴乃に、俺は言葉を続けた。

「実は俺も、幼馴染《おさななじみ》のこと、よく知らないかもって今更気づいてさ。ずっといいカッコばっか見せてきたから、逆に踏み込むことも出来てなかったんだって思ったんだよ」

琴乃の頬を一筋の涙が滑り落ちる。

「俺たちだってさ、こうやって弱いとこ見せ合って、仲良くなったわけだし？」

そういえば最近、琴乃の涙ばかり見てるなぁ、と思った。元々こんなに泣き虫だっただろうか。琴乃はぐい、と涙を拭って俺を可愛《かわい》らしく睨《にら》みつけた。

「私、柏木くんの弱いところなんて見てないですけど」

「それは琴乃が俺を美化してるだけ」

「そんなこと、あるかもしれないですけど。……だって好きだから」

思わず聞き漏らしてしまうような音量でそう言った琴乃は、こてん、と俺の肩に小さな頭を載せた。

「もう少し、このままでいさせてください」

琴乃はそう言って、しばらく無言で俺の肩に顔を埋《うず》めた後、傷だらけのヒールを履き、ぺこりと一礼だけして立ち上がった。

「帰ります」

「じゃあ送っていきます」

「大丈夫です。って、なんですか、その体勢は」

「おんぶ。琴乃、足怪我《けが》してるじゃん」

「……重いから、やです」

「そんな状態で歩かせる俺の方がやだわ」

「〜〜〜ッ！」

俺が嫌がる琴乃の前で構えていると、恐る恐る、といった感じで琴乃が飛び乗ってきた。軽い。コイツ、本当に毎日ご飯食べてるのか？

「じゃ、行きますか」

「重そうな素振りしたら殺しますよ」

ぐい、と琴乃が首を引っ張る。

「物騒だな。安全に届けますよ」

しかしビックリするぐらい軽いな。

こんな華奢《きゃしゃ》な身体《からだ》で『委員長』を背負ってるのか、と思うと。

「すごいな、ほんと」

「急になんですか」

「何でもない」

言葉を飲み込んだ。頑張ってるよ、なんてありきたりな言葉はきっと、琴乃は求めてないだろうから。

俺たちは、ただただ無言で琴乃の家まで歩いた。

無言でも気まずいどころか心地よいと思うなんて、俺は琴乃のことが……いや。

こんなに簡単に言語化出来るような感情なら、とっくにケリはついている。

「ありがとうございました」

俺はそんなことを考えながら、琴乃が家の門をくぐるまで見届けて家に帰った。

その日の夜は、なかなか寝付けなかった。


「琴乃ちゃん、来ないね」

「…………あぁ」

翌日。琴乃は当然ながら来なかった。香澄もあまり寝ていないのだろう、いつもよりも顔色の悪い顔をしかめて、心配そうにしている。

「蓮《れん》くん、あのあと琴乃ちゃんに会いに行ったんだよね？　どんな様子だった？」

「……別人、みたいだった」

「え？」

「自分にはもう無理だって。何も出来ないから放っておいて欲しいって、ひたすら」

「完全に私のせ……」

「俺のせいだ。監督だし、それ以前に友達なのに、あそこまで追い詰められてるの気づいてなかったんだから」

「そっか」

香澄はそう言って、ぎこちない顔のまま微笑《ほほえ》んだ。

きっと香澄は、自分のせいだと考えることはやめないのだろうけれど、俺と琴乃の間に何かがあったことは悟っているのだろう。

もう少し、俺が言葉に気をつけていれば――。

「蓮くんは悪くないよ」

「っ……」

香澄は、まるで俺の脳内を見透かしたようにそう言った。

「だって、作品を作るとか、本気でやるってこういうことだから。蓮くんはこうなる可能性があったことは知ってたでしょ？　一つの作品を作るのに、最後まで仲良しこよしでいられたら、その作品はちっとも面白くないよ。みんな本気な以上、ぶつからない方がおかしいし。葛藤があって、初めて面白いものが完成するんだから」

「それは、そうかもしれないけど」

「仕事みたいに割り切った関係じゃなくて、私たちの場合は友達とやってるから、辛《つら》いのは分かってるけど。こうなることも受け止める覚悟があったから、蓮くんは本気でやるって決めたんでしょ？」

久しぶりに見た、香澄の挑戦的な瞳に、心臓がドクンと鳴った。

――――一生、この心を。この身を、捧《ささ》げたいと思えるようなものに出会えた瞬間の興奮と歓喜を知っている。

やっと見つけた、見つけてしまったあの瞬間に。

香澄に背中を押された、あの瞬間に。覚悟を決めたはずなのに、俺はブレてばかりだ。

でもそのたびに、香澄が引き戻してくれる。

「あぁ、そうだよ」

ブワッと、身体の奥底から何かが湧き上がってきた。

自分の考えに自信を持て。発言に責任を持て。

出来ないなら、こんなことやめてしまえばいい。その程度の覚悟ならば。

「だったら、早く仲直りしなきゃだね。私も琴乃ちゃんのこと、好きだし。早く会いたいし。……それに琴乃ちゃん、人一倍自分に厳しいから。私みたいになる前に、ね」

香澄は眉尻を下げて、温かい声色でそう言った。

そうだ。琴乃は人一倍自分に厳しいからこそ、きっと、自分のことが許せないのだろう。

今の俺がどんな言葉をかけたところで、琴乃はきっと、自分のことを許さない。

おそらく、琴乃が琴乃自身を許すまでは、俺たちの言葉は聞き入れてもらえないだろう。

そういうやつだと、『知っている』。

「撮るか」

「……琴乃ちゃんもいないし、脚本もそろそろラストシーンに入るのに？」

「琴乃は絶対来てくれるから。今のうちに、最初の方の、香澄がぎこちない演技だったところを撮り直すんだよ。ソロシーンあるだろ？」

「強くなっちゃったなぁ、蓮くんは。私がいなくてもやってけそう」

「そんなわけないだろ。香澄がいなかったら俺、四回は諦めてたから」

「うわ、リアルな数字なのキツいな〜〜」

香澄はクスクスと笑って、やりますか、と立ち上がる。

琴乃のことを、信じているから。今のうちにやれるだけやっておく。

それが琴乃への信頼の証《あかし》な気がした。

そう思って立ち上がった俺に、隣から声がとんできた。

「そうだ。私、本当はこんな敵に塩を送るようなことしたくないんだけど。琴乃ちゃんは友達だと思ってるから、これだけ言っておくね」

香澄は指二本で作ったピストルのようなものを、俺の腕に突き付ける。

「きっと琴乃ちゃんは脚本に興味があったんじゃなくて、蓮くんの好きな映画に興味があったんだよ」

それから、あっという間に、五日後。

「無理。頭おかしい。香澄の表現力バグってる」

琴乃がいないシーンを撮り直せるだけ撮り直し、俺は後々の作業を減らすために編集作業に入った。

部屋で一人でやっていると吐きそうになるので、今日も香澄と学校に来ている。

夏休みにもかかわらず、もはや部活並みの登校率だ。

ちなみに香澄は恒例のおつかい自己理解チャレンジへと飛び立った。だんだん帰ってくるスピードは速くなってきたが、今日は飲み物に加えてアイスやお菓子も見てくると言っていたから、あと二十分は帰ってこないだろう。

編集作業への弱音をこぼせるのも今のうちである。

「何この表現力。ゲロ吐きそう。まとまらん、まとまるわけない。これまとめてドラマにしてた寺門《てらかど》さん、マジ何者だよ」

香澄は、最初の様子が嘘だったかのように、幽霊少女の役柄を摑《つか》んだ。

アイドルとしてのキラキラオーラは消え、今となっては、その場から透けてしまいそうな存在の希薄さがある。昨日そのことを本人に伝えると、「分かる⁉　イメージはね、地上から三センチって感じなの。ヴェール被《かぶ》ってる感じでね」と、独特の喩《たと》え満載の話を聞かされた。分からん分からん。

それどころか、「ミルの顔は左からの方が寂しそうに見えるから」と、撮り方の印象の話まで言い出し、カメラ監督の座すら危うくなってきた。

流石《さすが》、集中したら一直線。前だって国民的アイドルになるまで成長したのに、ついには自分を削り取るようなこともしなくなったのだから、末恐ろしい。きっと香澄はどの道に進んでも失敗することはないのだろう。

琴乃が言っていた通り、香澄は文字通り、『最初から持っている』。

だからこそ俺はまた壁にぶち当たっているわけだが。この壁を楽しいと感じられるほど、俺は『持っている』側の人間ではない。

だからこそ、こうして苦しんでいるわけで、ぶっちゃけちょっと参っている。

「…………あ――、やだなぁ」

「なら逃げちゃいましょうよ」

ポツリと、こぼした言葉に、返事が返ってきた。

「琴、乃？」

「はい。お久しぶりです」

ドアのところに、いつもはポニーテールに結んでいる長い黒髪を真っ直《ます》ぐ下ろした、華奢な少女がもたれかかっている。

その少女は間違いなく琴乃だ。それなのに、いつもよりどこか退廃的で、やけに明るいのに色っぽい、と。そう感じさせる何かが、今日の琴乃にはあった。

「私、あれから考えたんです。柏木くんがそっち側に行ってから、私もそうなろうって頑張ってみたけど、苦しくて。どうしても無理で」

前に会った時はあんなに折れてしまいそうだったのに。なんだか今日は、空回っているように元気がいい。

「でも、柏木くんも苦しんでないわけないですもんね！　だって、私と似てるもの」

琴乃はポン、と手を叩いて、ゆっくりこちらへ近づいてきた。

そして、俺の方にスッと手を差し出す。

「香澄さんといたら、傷つきますよね。分かります。だから、二人で、もうやめちゃいましょうよ。逃げちゃいましょう！」

「え………」

「戻りましょうよ。だって、これをしなくたって、柏木くんは死にたくなるほど絶望しません。深夜に通話して、今日も上手くいかなかったたって言って、満たされてないフリをしましょうよ。今までだって十分、楽しかったじゃないですか！」

声色は明るいのに、まるで縋《すが》っているみたいだ。

そんな感想を覚えるほど、琴乃は崩れかけていた。

「ねぇ、だから、頷《うなず》いてくださいよ……っ」

クラッと、する。

今、琴乃の手を取れたら、どんなに心地いいだろう。楽になれるだろう。

どうせ俺は、前の生活に戻ったって、死にたくなるほどは絶望しない。そうだよ。精々心に穴が空いたような気がするだけだと思う。

香澄の才能はすごいよ。本当に。

どれだけやったって敵《かな》わないかもしれないと、考えてしまう。ずっと不安で、俺なんかって自己嫌悪《じこけんお》して、足りないって分かってるから夜寝ることも躊躇《ためら》ってしまう毎日だ。

そんな日々は楽しくなんかないけれど。

「ごめん。それは、出来ない」

「な、んで」

「俺にとっては、どれだけ傷ついてでも欲しいものなんだ」

嬉しくなるんだ。理想に近づくたびに、どうしようもなく。

本当に一番辛いのは、なりたい自分と方法が分かっているのに、一歩踏みださないままいることだって知ってしまった。

実際にやっている時は辛くて、逃げ出したいけど、でも。

「だから、琴乃の誘いには乗れない」

「そう、ですか」

琴乃は、笑っていた。

目から大粒の涙を流しながら、壊れてしまったように。頬をぎこちなく動かして、口角を必死に吊《つ》り上げ、ぎゅっと唇を引き結ぶ。

「でも、知ってました」

それから、仕方ないと呟いて、言葉を続ける。

「ズルいですよ。香澄さんはもう、私の憧れるものを、全部持ってるのに。……でも、傷つくのが怖くて行動してない私に、こんなこと言う資格ないんですよね」

諦めきったような笑顔だった。

「こんな人間、誰も好きになりませ……」

「あのさっ、それは違うから！」

思わず喉から声が飛び出してしまった。

それは違う。好きとか嫌いとか、これはそういう問題じゃなくて。

「俺が琴乃よりも香澄の方が好きだとか、そんなことじゃなくて。琴乃が好きじゃないからどうとかじゃなくて、俺が言いたいのはさ、無理でも向いてなくても苦しくても、憧れ続けてきた欠片《かけら》に手を伸ばしてみたいってだけで……！」

——教えてあげますよ。普通の人は基本的に、何にもなれないんです。

琴乃の言葉が脳内に蘇《よみがえ》る。

琴乃は目尻にたっぷり涙を溜《た》めながら、苦しそうにそう叫んでいた。

そんなこと、言わせたくなかったんだ。

「俺は、知ってたよ。自分が何者にもなれないなんて、最初から知ってた」

生半可にポテンシャルが高いくせに、最後は何者にもなれないんだ。だから変に夢だけ見て、何度も諦めて、その痛みに蓋するみたいに平気な顔してた。

それで「次はこれする」って宣言するたびに、周りが次はいつまで保《も》つのかって呆《あき》れ顔する中、笑ってくれたのは琴乃だけだったんだよ。

「でも、諦めるたびにお前が笑うからさ、まだやれるって、やめられねぇって思ってた。いつか絶対、ずっと諦めた顔してるこいつに、俺は出来たぞって見せつけてやるって」

だっていつも、俺が迷うたびに、やんわり背中を押してくれたのは琴乃で。

そんな琴乃の想いを、俺は踏み躙《にじ》ったんだ。いつの間にか自分のことに没頭して、また周りが見えなくなっていた。

「でもさ、琴乃もそうだったんじゃねーの？」

「…………え」

「俺が能天気にやるって宣言するたびに、クラスの子に話しかけたりしてたじゃん。アイドルの話だって、何回も親に打ち明けようとしてたじゃん。お前だって、俺と同じぐらいずっと、努力してんじゃん。変わるために」

「なんでっ、知ってるんですか」

「分かるよ。俺、お前のこと、好きだから」

きっと琴乃とは同じ温度の「好き」じゃない。

それでもこの感情には、これ以外の名前がつけられなかったから。

「ふふっ。ふふっ、ふっ……ぅ、あ」

琴乃がその場で崩れ落ちる。

それから顔を身体に埋《うず》めるように押しつけて、一頻《ひとしき》り嗚咽《おえつ》した後、ガバッと勢いよく顔を上げた。

「柏木くんは、本当にど――っしようもないですね！」

そう言いながら、琴乃は顔をぐしゃぐしゃにして笑っていた。綺麗《きれい》な黒髪が顔に、涙で不恰好《ぶかっこう》に張り付いている。

「実はそうなんだよ。だから、ずっと自己嫌悪ばっか」

「……………それは嘘です。柏木くんのいいところは、全然自分が見えてないところなんですから」

「うわ――、辛辣」

「そうですよ。だって私、多分この世でいちばんんっ、柏木くんのこと知ってますもん！」

絶対そんなことはない、と言いきれないところが怖い。

俺の不服そうな表情を見て、琴乃はケラケラと笑っていた。

「柏木くん、全然アイドルじゃないですね」

「はぁ？」

「香澄さんも、ほんとは全然アイドルっぽくないって、気づいてます。でも私、ずっと認めたくなかったんですよ。同じ人間だって」

そして、怪訝《けげん》な顔をしている俺に、説明するように言葉を続ける。

「だって私と二人って、違う生き物だって思いたいぐらい、すごくて、全然違うように見えてたから。でも、そうですよね。ここにいるもん」

「なんだそれ」

「柏木くんが昔、私に言ったんですよ。別世界の人間みたいだって言ったら、『なんで？ここにいるのに』って。私、それから柏木くんが好きになったんです」

「…………」

「いいですよ、それはどーもって返してくれて」

何故分かる。これはマジで俺以上に俺のこと知ってる説あるぞ。

「だって私、柏木くんが私に恋してないって知ってますもん。だから、これからさせます」

真っ直ぐな赤い瞳が俺を射貫《いぬ》く。

「遠くから信仰しているだけなんて、それじゃ勿体ないですよね」

琴乃は祈るように手を組んでから、ペロリと舌を出した。

艶《つや》やかな黒髪を揺らして笑う琴乃は、まるで全てを吹っ切ったかのように、清々《すがすが》しい表情をしている。

「私は私なりに、柏木くんに追いつきますから。覚悟しててくださいね！」

俺はこの表情を初めて見るはずなのに。何故だか、一番しっくりくる姿に思えた。

Side：久遠琴乃

私は出来るだけ楽しそうに見えるように、喉から声を絞り出した。

「あーあ。柏木くんが、アイドルじゃなくて良かったたっ！」

柏木くんの煌《きら》めく瞳に映りたい。

待っているだけではダメなのだと、身に染《し》みたから。今度こそ釣り合いたいから。

今までみたいな、執着じゃなくて。自分のことで一杯一杯な中、私のことをちゃんと見てくれていた、あなたに本当に恋をしてしまった。

どれだけ傷ついてでも欲しいもの。私にとっては、柏木くんがそうです。

だから、それって、欲しいものはどんな手を使ってでも、勝ち取らないといけないってことでしょう?

「これからは全力で意識してくださいね、私のこと」

香澄さんが柏木くんとどれだけ仲良くなっても、先に好きになったのは私だからって思ってた。過ごした時間の長さが違うんだって、柏木くんは結局私の仲間だからどうせ変われないって、本当は応援なんかしてなかった。

好きな人の不幸を願っていたのだ。本当は今も、心のどこかで願ってしまう。そんな人間が幸せになれるはずがない。

多分香澄さんならきっと、柏木くんが揺らいでも、信じきった顔をするのだろう。

でもだからって敵《かな》わないって、分不相応な願いを抱いたからこうなったって、惨《みじ》めな自分になることを恐れるのはもうやめる！

カチッと、脳内でスイッチが入った。

私はずっと自分を抑え込んでた。

ずっと型にハマった『良い子』に見られたかったの。そのほうが何もかも楽で、傷つかなくて済んだから。諦めて、そうやってしていたら、ある程度幸せでいることが出来たから。でも、もっと自分をさらけ出すべきだったんだ。そうじゃなきゃ、もう物足りない。

私が変わらなきゃ、一生、欲しがってばっかり。

私は、そのまま両手で柏木くんの両手を包み込んだ。

あったかい。温度がある。そこで息をしている。

柏木くんは、アイドルじゃない。

――――だからまだ手が届く。

「あなたの隣に堂々といられるなら、私、いい子なだけの普通の人生なんて送れなくていい。そのためなら傷ついてもいいです。惨めだっていい。挑む前から諦めて、傷ついてないフリをする方が、傷つくんだって知りましたから！」

だから私も、必死にやってみることにします。

いつか、同じ景色が見られるように。

あなたに手が届くように。


それからしばらくして。

「え、あれ⁉　琴乃ちゃん、帰ってきてくれたの⁉」

両腕に大量のお菓子を抱えて、混乱したように話す『友人』に、私はにっこり笑って声をかけた。

「ミル、ただいま！　撮影始めましょうか」

まずは柏木くんの、友達フィルターのかかっていないレンズに映えるところから。

可哀想《かわいそう》だとか、涙だとかのフィルターで盛らないと可愛《かわい》く見えないなら、死んだっていい。

「あと、これだけ言わせてください。柏木くんを先に見つけたのは、私ですから」

なんか視界がジュワッと歪《ゆが》んできた。

おかしなぐらい動悸《どうき》がするけど、手汗だってすごいけど、譲らない。諦めてなんかやらない。二人が多分両想いだなんて、絶対に教えてあげないから。

私はそんなことを思って、ポカンとした顔から、キュッと口を固く結んだミルを見て、やけに嬉しくなった。

だってそれは、ライバルだって思ってくれてるってことだと思うから。

そうだ。今なら言えるかもしれない。今日、家に帰ったら言ってみよう。

この五日間、意地を張って口をきいていなかったけど、今なら素直に。

私のこと。やりたいことすらないから、これから探してみたいってこと。

話し合うんだ。今までのことも、これからのことも。

あぁ、それと、私の好きなものをちゃんと言おう。

私は勉強だけの女の子じゃないって。

――私はアイドルが好きなんだって。

九．変わっていく私から目を離さないで

八月ももう終わり。夏休みも終わりに近づき、コンテストの応募締切《しめきり》も近づいてきた。

「うっわ――！　すごい景色！」

目の前に広がるのは一面のひまわり畑。

香澄《かすみ》はそれが見えた瞬間に走り出し、黄色の中へと飛び込んでいった。

はしゃぐ香澄を、やれやれ、といった顔で見ているのは、真っ白な女優帽を被《かぶ》って優雅に俺の隣を歩いている琴乃《ことの》だった。

二人が身につけているのは、お揃《そろ》いの真っ白なワンピース。

これから、最終シーンの撮影が始まる。


「『私ね、あなたと出会えて良かったよ』」

そう言うのは、消えてしまいそうな笑顔で微笑《ほほえ》む琴乃こと、独りぼっちだった少女。

初めて出来た唯一の親友が成仏《じょうぶつ》して、いなくなってしまう。

琴乃は、その後の少女の行動にずっと迷っていた。

少女はどうするだろうか。ほとんど全てだった親友を失って、前を向けるだろうか。それよりも後を追って自殺してしまうのではないだろうか。その方がよっぽど、いつも独りの『私』らしい。

そう主張していた琴乃は、撮影復帰後、大きく意見を変えた。

「一人でいる時は泣くと思います。絶望だってしてると思います。でも、この子の前では強がると思うんです。だから、笑顔で見送るラストにしましょう」

琴乃はそう言って、自殺、という凄惨な二文字に赤ペンでバツをつけた。

「いいの？　ミルは悪くないと思うよ。高校生にしては重たい作品で」

「……いいんです。アンダー二十二の作品だからって若さを武器にしてたら、誰にも勝てませんよ」

「うわ、刺さる」

「ふふ。この作品は私たちの作品なんですから、妥協は出来ません。それにこの子も、きっと、成長した姿を友達に見せたいって思うはずですから。諦めてばかりの人生だったら、ミルに出会えた意味がない」

パタン、と台本を閉じる。琴乃の意見は的確で分かりやすい。

以前よりも伸び伸びと過ごし、香澄と対等に言い合うようになった琴乃は、それはもう敵なしだった。元々のポテンシャルが高いのもあるが、その素材を全て殺していた自信のなさが解消されたおかげだろう。

最近の琴乃はスッキリした顔で、やれることをやれるだけやる、と毎日一生懸命だった。

そんな、絶好調の琴乃さんは、俺の方を向いてニッコリ笑いながらこう言った。

「監督。私たち、夏の思い出が作りたいです」

と。学校はもう飽きたそうだ。

しかし、何を隠そう締切がヤバい。ヤバいものはヤバい。その折衷案として、最終シーンの撮影を思い出作りの場にしようとひまわり畑にやってきたのである。それはもちろん、クライマックスを華やかにするという意味も兼ねているので、一石二鳥だ。

「『私はあなたになんて会いたくなかったよ』」

香澄演じる幽霊の少女は、そう言って、とびきり柔らかく微笑んだ。

「『だってそしたら、成仏出来ることがこんなに悲しくないもの』」

幽霊は泣かない。幽霊は触れない。幽霊は、幽霊は、幽霊は。

「『あなたの優しさが大好きだったよ。でもきっと、あなたは私を忘れるんだよね』」

「『そんなことッ……』」

「『あるよ。だってあなたには、これからがあるじゃない』」

幽霊は、現世に焦がれない。

香澄の演じる幽霊は、幽霊にしては質感があって、生々しい。

白いワンピースを着て、陶器のような肌に真っ白な仮面をつけて、今にも夏に溶けてしまいそうなのに、確実にそこにいる。

だからこそ、目に焼き付いて離れない。

いつ消えてしまうのだろう。そんなことばかり考えて、いつ、あの少女は限界を超えて泣き出してしまうのだろうと、琴乃に思いを馳《は》せる。

そんなものを作りたいと、ずっと思っていた。

その完成形がここにある。

照りつける太陽なんて見向きもせずに、俺はずっと眩《まぶ》しいぐらいに黄色に映える真っ白な二人を見ていた。

その事実だけが、俺を。きっと俺だけじゃなくて、誰が見たってこんなものは。

「『私には、今しかないよ‼　あなたといられる瞬間しか、息なんかしてない』」

琴乃は、少女は。そう言って香澄にふわっと抱きついた。

「『それでも生きるよ。だってあなたはずっと私の心の中にいるから。それぐらいしか、あなたと一緒にいられる方法を知らないから……』」

もちろん、摑めないのだけれど。

香澄はフワッと上手《うま》く後ろに引いて、ごめんね、と呟《つぶや》いた。

そして、そのまま消えてしまう。

香澄はその場で一回転をして、ひまわり畑の中に倒れ込んだ。

こうすることで白が黄色に沈み、消えたように見せかけることが出来る。

「すご……」

それを提案したのは俺なのに、すっかり見入ってしまって、本当に消えたとすら思ってしまった。

「ねぇ監督～～。カットは?」

「わっ、悪い。カット!」

慌ててそう言うと、白いワンピースの裾を土色に染めた香澄が、ぴょこんと飛び上がって俺を指差す。

「も――! この昇天体勢、めちゃくちゃ疲れるんだから!」

「やめろよ! さっきまで俺、めちゃくちゃ感動に浸ってたんだから!!」

「悦に入らないでくださいよ。これ、もっと面白くしてもらわなきゃいけないんですからね」

「脚本家、厳しい……」

助けを求めるように香澄を見ると、香澄は目を閉じて首を縦に振った。

「面白くて当たり前だよね、ミルがいるんだし。面白い、がスタートラインだよ」

「女優も厳しい……。蓮《れん》、泣いちゃった」

「可愛《かわい》こぶらないでください、可愛くないので」

「琴乃ちゃんってばツンデレだなぁ。本当は褒められて嬉《うれ》しいくせに」

「だっ、誰が！　ミルうるさいっ！」

「あはは。うるさくないもーん。うるさいのは琴乃ちゃんの顔の赤さだもん」

「ッ～～！　もう‼」

あっ、琴乃が香澄を追いかけて走り出した。マジで仲良いな。

俺は、人がいないのをいいことにはしゃぎ回る二人を見ながら、早速持ってきたパソコンを開いて取り込み作業を始めた。

「俺が、完成させるんだもんな……」

冗談っぽく弱音を吐いたが、結構本気でプレッシャーに感じている。

そりゃあもちろん、この二ヶ月で、文化祭の時よりは上達したつもりだ。

香澄を見ていると、人は人、自分は自分という言葉がガッツリ沁《し》みる。そのおかげで、ある程度切り離して考えられるようになってきた。

「これで同い年、かぁ」

それでもすごいもんはすごいし、へこむものはへこむ。

俺は別タブで開いていたショートムービーをクリックして溜め息を吐《つ》いた。

琴乃と見た、ショートフィルム・フェスティバルでの作品。

印象に残っていたからSNSにタイトルを入れて検索した。出てきたのは、それを撮った人のアカウント。プロフィールの部分に高校二年生とある。

彼、もしくは彼女は、同い年だった。

「蓮く――ん！　あっちにソフトクリーム売ってたよ‼」

「食べに行きましょう！　私、こういうの大好きなんです！」

パタン、とパソコンを閉じた。

俺が見るべきは、見えないほど高い上じゃなくて、目の前の俺だ。やめねぇよ。

今行く、と言った自分の声が、夏の暑さのせいなのか遠く聞こえる。

今は、今だけは、もう少しだけ強がらせてくれ。

ひまわり畑から帰る、バスの中。

香澄の身バレのためにど田舎まで来たこともあって、ひまわり畑のみならず、バスすら貸切《かしきり》状態だった。

「琴乃ちゃん、寝ちゃったね」

「あぁ。よっぽど楽しかったんだろうな」

琴乃は俺の隣ですやすやと眠っている。最近色々ありすぎたストレス、だとも思うが、やはり一番は家のことが解決したからだろう。帰ったら写真を見せてあげよう、とたくさん写真を撮っていた様子を見るに、関係は良好に向かっているようだ。

俺は、幸せそうな顔をしている琴乃を微笑ましく思いながら、変わり映えせず畑だらけの窓の外を眺める。

「日常ってさ、なんか地続きだよな」

「何、蓮くん。急にどしたの？」

「いや。だって夏休み入った頃はさ、こんな波瀾万丈《はらんばんじょう》な夏になると思ってなかったし、ぶっちゃけ後悔もしたけど、今、全部乗り越えてこうなってるんだから。間違いなく、全部つながって、続いて、今なんだなって」

「当たり前じゃん。昨日までの自分が、今日の自分の一番の根拠なんだから。誇れる自分作ってかないと！」

俺にとっては当たり前じゃなかったんだよ。香澄と出会うまでは。

毎日毎日同じことの繰り返しでさ。つまらなくてさ。成長なんて感じたことなかった。

そんなことは、恥ずかしいから言わないけれど。

「香澄……？」

コテン、と肩に感触があった。

琴乃は俺の腕にもたれかかって寝ているから、香澄しかいない。理性と戦いながら、香澄も眠くなったのだろうか、と確認するように顔を傾けると――――。

「油断してんな、ばーか」

ちゅっと。頬に柔らかい感触が当たった。

「なっ、ん!?」

「ミルだって毎日変わってるんだよ。具体的に言うと、毎日可愛くなってってるんだよ。蓮くんだけに可愛いって思ってもらうために」

香澄は、べぇ、と真っ赤な舌を出す。唾液で濡《ぬ》れた唇が色っぽくて、目を離せなくて、今日一日感じたことのないような暑さにクラッとした。

「ほんとにもう、変わってくミルから、目ぇ逸《そ》らしてる場合じゃないんだから！」

香澄はそう言って、呆《あき》れたから寝る、とばかりにそのまま目を閉じてしまった。

「言い逃げかよ……」

俺にとって香澄は。香澄、にとって俺は。

その思考から逃げるように、倦怠《けんたい》感に身を任せて目を閉じた。

「私だって、……なのに。ほんと、バカばっかり……ないですか」

薄れていく意識の中で、聴き慣れた声が、そんな言葉を呟いたような気がした。


「自己紹介します。香澄ミル。ＡＢ型で十七歳です。好きな食べ物はラーメンで、嫌いな食べ物は野菜全般。特にきゅうりかな。趣味はゲームで特技もゲームです。よろしくっ！

……どう？」

「いい。いいっていうか、すごすぎて泣ける」

「何が？」

「香澄の伸び代が！」

香澄のマンションの一室で、俺たちはワッと抱き合う。

ここに辿《たど》り着くまで長かった。香澄の自分探しのために、ひたすらラーメンを食ったり、ネットショッピングに付き合ったり、ゲームに励んだりした。

これだけ聞くと遊びみたいだけど、俺たちは真剣だったのだ。香澄が『今日の気分』という曖昧なものだけを頼りにして食べ物を頼めるようになるまでに、どれだけかかったことだろうか。

そして最後の目標として定めたのが、現在バージョンの自己紹介をすることだった。

『初めまして。あなたの瞳を独占中っ♡　今年からこのクラスに転校してきた、みるふぃーこと香澄ミルですっ！』

脳裏にアイドル全開の香澄の姿が蘇《よみがえ》る。

あの頃に比べたら随分と『普通の女の子』になったものだ。

だからといって、その輝きは欠けたわけではなく。何かが欠けているが故の、危うい光じゃなくて、思わず応援したくなってしまうような健康的な煌《きら》めきがそこにはあった。

「やった～～！　ついに蓮くんプロデューサーに合格もらったぁ！」

「よくやったよ。ほんとによくやったよ、俺……」

「ちょっと。ミルは？」

香澄は拗《す》ねたように頬をぷっくり膨らませて、こちらに頭を差し出してくる。

俺は雑にその頭を撫《な》でて、グラグラした理性をガンと閉じ込めた。

「やったな、香澄」

「ふふーん。最初から素直に褒めたらいいのだよ」

照れ隠しだよ。それぐらい分かれってば。

「っちょ、蓮くん、雑！」

「知ってる知ってる」

「ッ〜ミルのことも、琴乃ちゃんみたいに、優しく扱ってよ」

その声があまりに切なくて、思わず手を止めてしまった。

「…………」

「ミルだって女の子なんだからね。仲間だけど、共同戦線だけど、女の子なんだから」

「……悪かったよ」

そんなこと十分分かっているから、困っているのに。

俺は香澄の髪を丁寧に撫でてから手を下ろした。

フワッとシャンプーの匂いがする。女子しか使わない、花の甘ったるい匂い。

「それにしても、さ。香澄、演技めちゃくちゃ上手くなったな」

耐えきれなくなる前に、強引に空気を変える。

香澄もこの空気に耐えきれなかったのか、いつも通りの様子で返事が返ってきた。

「ありがと。途中から、私自身と役を重ね合わせて切なくなっちゃうところもあったんだから」

「それはすごいな」

「でしょー？　もう私、役に呑《の》み込まれるんじゃなくて、ちゃんと演じられるんだよ」

香澄の声は、若干潤んでいた。

「だって私は香澄ミルだから。別の人にはならなくってもいいの！」

そう言う香澄があまりにも嬉しそうで。理由なんて分かっているのに、どうして胸に宿ったこの熱は、冷めないのだろうと考える。

「だって君といる私を、初めて好きになれた自分のことを、嫌いになって、他の誰かになりたいだなんて思うはずないでしょ？」

あぁ、もう。そんなの、香澄が香澄として、幸せそうだからに決まってるだろ。

「蓮くん？　あれ、もしかして教え子の成長に泣いちゃったかな？」

「……うるさい」

自分の人生から逃げてない香澄のことが、どうしようもなく、カッコよくて。

俺もそうなりたい。隣に立ち続ける資格が欲しいって、そんな気持ちになる。

――柏木《かしわぎ》くんって人に興味ないくせに、香澄さんのことは結構よく見てますよね。

――そりゃそうだ。四月からこれだけ一緒にいれば、流石《さすが》に目が追いかけるようになる。

琴乃には確か、そんなことを言ったはずだ。

でも、多分、違う。

俺は香澄のことを、一人の女の子として。

「あのさ」

「……なに」

「来週、会える日ある?」

「全部空ける」

「じゃあ来週の月曜日、会おう。言いたいことがあるから」

そう言った俺の顔は、真っ赤になっていなかっただろうか。

家に帰って一人、映画を編集しながら、今更そう思った。

だって、香澄が。「はい……」なんて、かつて見たことがないほどにフニャッとした顔で言うから悪い。

この映画を完成させたら、香澄に言おう。

今年も来年もその先も、隣にいる資格が欲しいと。手が届かなくなる前に。

画面に仮面をつけた香澄が映る。それだけで心臓がドクッと鳴った。

『恋人っていうのは、あなたに胸の鼓動を聴かせてくれる人のことだよ』

先月見た映画のセリフが耳を掠《かす》める。

こんなに綺麗《きれい》な画面の中の香澄を、ずっと誰かに見せたくて撮ってきたはずなのに。なんならずっと睨《にら》みつけるようにして、戦ってきたのに。

不甲斐《ふがい》ないことに今はもう、誰にも見せたくなくなってしまった。

「あ――……ヤバいな、俺。香澄のこと、好きすぎじゃん」

まずは、映画を完成させる。

それからフユねぇに一番に見せて、長年のコンプレックスにけりをつけて。

琴乃に、中途半端《ちゅうとはんぱ》になっていた告白の返事を伝える。そこからだ。

それから俺は、香澄ミルのことが好きなんだと、ちゃんと伝える。

逃げずに、向き合ってみせると、そう決めた。

映画の編集作業を黙々と進める。過剰に分泌されたアドレナリンのせいで、今日も眠れそうにない。

Side：香澄ミル

自分の好きになった人に愛された記憶がないから、あんまり、ていうか全然実感がない。

――じゃあ来週の月曜日、会おう。言いたいことがあるから。

でもこれは。もしかするともしかするのではないだろうか。

私は、蓮くんが背もたれにしていたクッションを強く抱きしめて、深く息を吸い込んだ。


「楽しかったなぁ」

そう、楽しかったのだ。

蓮くんに出会ってから感情がぐちゃぐちゃ変化してばかりで、上手くいかないことの連続なのに、それすら楽しかった。

なりたい自分のために自分を追い込む。やってることはアイドル時代と同じなのに、暗闇の中でもがきながら、意味も分からずに進んでいる感覚とは確実に違う。

不思議だ、なんて白々しく思って笑った。不思議でもなんでもないよ。

好きな人と一緒だからじゃん。好きな人といられる私になりたいからじゃん。

自分のことが、好きになってきたからじゃん。

「ふふふ……」

だって蓮くんがあんなことを言ったのだ。

もしかする。これってほんとにもしかするよ。

好きだ、って言われたわけでもないのに。

フワフワして、パチパチして、このまま破裂してしまいそうだ。

「てなんか、蓮くんのこと考えてるだけで緊張で死にそう。……もう私から言っちゃおうかな」

こんなに可愛《かわい》い私を、期待だけさせたまま、ほったらかしなんて、どうかしている。

琴乃ちゃんっていう、最大のライバルもいるし。ヤバいし。琴乃ちゃん、超強敵だし。

それに私は、いつまで自由に恋愛出来るかが分からないから。

最近たまに考えるのだ。今の私がアイドルをやったらどうなるのだろう、と。

でも、そうしたら蓮くんと一緒にはいられなくなるから。この問題に答えを出すのは、もう少し先だっていい。

蓮くんを足かせみたいに思っているわけじゃない。

ファンの人の喜ぶ顔はもちろん見たいけれど、喜んでもらえるのは好きだけど、私の人生は私のものだから、全てをファンだけに捧《ささ》げるには早すぎたのだと思う。

誰かを幸せにするには、まず自分が幸せにならないといけない。

今の私は、ちゃんとそう思える。

それでもアイドルは、誰かに恋されたとして、その感情を否定したりは出来ないから。

もし私がこのまま蓮くんの映画に出続けて、もっと楽しくなって、自分のためにもやってみたいと思ったら、女優の道もありかな、なんて思ったりもしている。

女優は恋愛禁止じゃないし。昔は両親の気を引きたいがために、お母さんと同じ女優になろうかと考えていたこともあったが。今の私なら、お母さんと同じ道を目指しても、こっちを見て欲しいと、必死に足掻《あが》いて自分を見失うような惨状になることはないだろう。

「ヤバいなぁ、蓮くん効果。私、自分の未来について前向きに考えたことなんて、まして女優なんて一番遠いと思ってたのに」

人を一人、好きになっただけなのに。

そんなことを思いながら、私はぐりぐりとクッションに顔を埋《うず》めた。

早く。私が蓮くんを好きなのと同じぐらい、私のことを好きになればいい。

蓮くん。私だけのプロデューサー。

――だって私。変わっていく私のことを一番に知るのはいつも、君がいい。

十.　一番の『アイドル』であれますように

「でき、た……」

少女と幽霊の淡い一夏の物語。

『おはよう、幽霊』が出来上がったのは、夏休みが明ける三日前の土曜日のことだった。

編集した動画を保存し、すぐクラウドに保存する。

それから、回らない脳を回してフユねぇにＬＩＭＥを送った。

『今までありがとう。やっと完成したから、もう俺』

今見返すと、まるでダイイングメッセージである。

「ほんっとうに心配したんだから‼」

俺は、ポカポカと弱い力で殴りつけてくるフユねぇに平謝りしながら、甘んじて殴られ続けていた。

どうやら俺は、あまりの眠気にＬＩＭＥを送っている途中で気絶したらしい。

しかも、編集中にフユねぇに言いたかったこととか、伝えたかったことを考えていたせいで、それをダイレクトに送ろうとしたみたいだ。

俺だったら、急にこんなメッセージが送られてきたらめちゃくちゃ怖い。

「蓮《れん》がいなくなったら私、生きていけないんだから……っ！　蓮はそれでもいいの⁉」

「それは言い過ぎでは」

「はぁ？」

「あっ、すみません。そんなこと言える立場じゃないですよね」

「ほんとよ。私のスケジュール、もうめちゃくちゃよ！」

フユねぇは俺のメッセージを見て、仕事を終わらせたその夜にとんできてくれたらしい。

蓮の両親も電話に出なくて、収録中ずっと気が気じゃなかった私の気持ちが分かる⁉

とのことである。しかも、急いで蓮を訪ねたら、机の上で目を閉じたまま微動だにしなかったのだから勘弁して欲しい、と。

こっちだって、目を覚ましたらフユねぇの綺麗《きれい》な顔がドアップでそこにあってめちゃくちゃビックリしたのだが、そんなことを言ったらまた睨《にら》まれるだろうから黙っておいた。

「いや本当にすみません……」

「まぁ、明日の仕事は昼からだから、今日は実家に泊まってくけど。明日、絶対見送りに来てよね」

「朝の何時でもお見送りします」

「五時よ？」

「うっ……！　必ず起きますとも‼」

「ふふ。じゃあ楽しみにしちゃおっと」

フユねぇは俺の反応を見て、悪戯気《いたずらげ》っぽくクスクス笑っている。これはもしかして本気じゃなかったのでは、と思いつつも、今日の夜は目覚ましを四つかけて寝ることを決めた。

「ところで。蓮、こうやって私を呼び出してまで見せたいものがあるんでしょ？」

「あっ、そうだ。そうなんだよ！　呼び出し方はマジであんなつもりじゃなかったんだけど、完成したのは、本当で」

「完成した、って」

「これ」

俺はパソコンを開き、昨夜まで必死に編集していたデータをダブルクリックした。

「……これ、何かの動画？」

「見たら分かるよ。三十分ぐらいだからさ。見てくれると嬉《うれ》しい、です」

ゆっくりと始まった映像を見て、緊張で語尾が変になった。

だって、初めてなのだ。人に見てもらうのは。

この映像はまだ、香澄《かすみ》にも琴乃《ことの》にも見せていない。

――どうしても一番に、フユねぇに見てもらいたいと思ったから。

「『私と話してくれる人がいるなんて、これが夢なら目覚めたくないなぁ。あなたは、本当に幽霊なの？』」

「『ふふっ。そうだよ。私はね、天国への行き方が分からないの。どこにも行けないまま、ずっとここにいる』」

『おはよう、幽霊』

独りぼっちの琴乃の前に、白い仮面をつけた少女幽霊がふわりと現れて、二人の声が重なり、オープニングが始まる。

「これ、もしかしてみるふぃー……？」

「あぁ。頼み込んで出てもらったんだ」

「『おはよう、幽霊』。これ、映画なんだ…………」

さっきからフユねぇの反応がどこか鈍い。

でも、しっかり見てくれてはいるようだ。

吸い込まれるような瞳を画面に向けているフユねぇは、一言も喋《しゃべ》ることなく、ずっと、じっと画面を見つめていた。

どうしてそもそも俺は、何かになりたいのか。夢中になれるような何かが欲しいのか。執着とも言えるような願望を持ち続けていた俺のモチベーションはもちろんフユねぇだったが、その原点は何だったのか。

「『あなた、もしかして私が見えるの？』」

画面の中の香澄が、そう言ってふわりと笑った。

映画というのは、最初から大勢に見られることを意識するよりも、その映画を見て欲しいたった一人を意識することから始めるといいらしい。

かたっぱしからネットで検索をかけていた時に、そんな文章を見た気がする。

文化祭で撮った映画は、香澄に食らいつくのが精一杯で、必死すぎて、そんなことまで頭が回らなかったけれど、今回はようやくそんなことを考えるような余裕が生まれた。

『おはよう、幽霊』は、まるで香澄と琴乃みたいな話だとも思ったりする。お互い独りで、そんな中でかけがえのない友人になるようなところが。

その一方で俺は、香澄の役にフユねぇを、琴乃の役に俺を重ねて見ていた。

置いていかれる少女。置いていかれたら独りぼっちの少女。置いて行きたくはないけれど、行かないといけない幽霊。

当時幼かった俺にとって、両親以上に俺に構ってくれたフユねぇは、まるで世界そのものだった。俺はずっと、二つ上のフユねぇに追いつきたくて、置いていかれたくなくて、それなら自分がその差を埋めるぐらいすごい人間になったらいいのだと安直に考えたのだろう。または、予感していたのかもしれない。その頃からフユねぇは特別綺麗だったから、自分が特別な人間にならないとすぐに置いていかれてしまう、と。

元々の好奇心もあり、俺はわりとなんでも出来てしまった。フユねぇが曇った顔をし始めたのはその頃からだった気がする。俺はフユねぇのために、と分かりやすい『何か』になることに必死で、本当はずっと見えていなかったのだ。

フユねぇがどんな顔で、どんな声で、俺にアイドルオーディション合格を告げたか、今でも覚えている。

『見ててね。私、アイドルになって、ずっと蓮に見ててもらえるような女の子になるから』

確か、そう言っていた。

今思えば、まるでアイドルになることは手段で、目的は俺だとでも言いたげな言葉なのに。また置いていかれた。俺の頭の中はそればかりだった。

やがて、フユねぇのことを生身よりも、テレビで見かけることの方が多くなった。

――――俺はずっとフユねぇを見てるけどさ。フユねぇは俺のこと、視野にも入れてくれないじゃん。

そう思うと悔しくて、キツくて、余計に『本物』探しに力が入った。

テレビも見なくなったし、コンサートにも行かなくなった。今更気づいたけれど、自分が今まで人に興味がなかったのは、ずっと、眩《まぶ》しく輝く背中ばかり眺めて、追いかけていたからなのだろう。そうでもしないと、フユねぇの視界に入らないと思っていたから。

でもフユねぇが求めていたのは、そんなことではなかったのかもしれない。

純粋な憧れだった気持ちにヒビが入って、呪いになった。

香澄に出会わなければ、あれから五年経《た》った今でもずっと、呪いのままだった。

でも、もういい。そろそろ多分、いいよ。

俺もフユねぇも、同じ方向を向いているようですれ違っていたこの気持ちに、整理をつけるべきだ。

「『おはよう』」

幽霊と別れた朝。また独りぼっちになった少女は自室のベッドで目を覚ます。

フユねぇはずっと、集中して映画を見てくれている。

琴乃は自分の推しに、こんな形で認知されたと知ったらどんな反応をするだろうか。今度会ったら、今度こそ伝えようと思う。今なら隠していたことも言えそうな気がするから。

「『学校、行かなくちゃ』」

琴乃こと独りぼっちだった少女は、学校に出かける。もういなくなってしまった、あの子のことを思い浮かべながら。

「……感傷的なお話ね」

「そうだな」

ポツリと言葉を吐き出したフユねぇに、俺は画面を見つめたままそう言った。

でも、物語は、まだここからだ。

画面に黒いヒビが入り、音を立てて揺れる。

ザ。ザザザ。ザザザザザザザザザザザザザザザザザザザザザザ。

「『本当は私が、あなたを傷つけて消えるつもりだったたって知ってるかな』」

真っ暗な教室に、ぽつんと一人、真っ白な幽霊が現れた。

「…………うそでしょ」

フユねぇはそう言って、祈るように手を組む。

「『忘れられたくなかったの。大好きなあなたのそばにいられなくなるなら、どんな手を使ってでも私を刻み付けてからって思った。そんな最低な私の本性を知ったら、あなたはきっと一生覚えていてくれるでしょ？』」

ちらりとフユねぇの横顔を見ると、フユねぇは、怯《おび》えたような表情で画面を見ていた。

「『でも、やめちゃった。だって、愛してるなんかじゃ足りないぐらい、大切だから』」

仮面のせいで表情なんてろくに見えないのに。香澄演じる幽霊は今、泣いているのだろうと、一目で分かる。それから幽霊は、くるりと回って、今度こそ消えた。

「『幸せになってね』」

それから場面が変わり、琴乃演じる少女の部屋。

朝がやってきた。少女は今日も、いなくなってしまった親友に朝の挨拶を伝える。

「『おはよう！』」

その声に応えるようにカーテンがふわりと揺れて、エンドロールが流れ始める。

幽霊の少女、匿名希望。独りぼっちの少女、久遠《くおん》琴乃。そして監督に柏木《かしわぎ》蓮。

「何なの、これ」

フユねぇは小さくそう呟《つぶや》いて、顔を俯《うつむ》けた。

「何なのよ、ほんとに」

表情は分からない。

「すごい。すごいよ、蓮……っ」

それでも手応えだけは、有り余るほど感じていて。

「あ――、もう。こんなの敵《かな》わないってば」

不意に涙声が嗚咽《おえつ》を含む。

顔を上げたフユねぇは、いつもの雪解けのような儚《はかな》い泣き顔ではなく、顔をぐしゃぐしゃにして笑っていた。

「素敵だった」

「本当に、素敵だったよ」

その一言を聞いた瞬間に、俺まで涙腺がぶっ壊れたみたいに涙がこぼれてしまった。

ずっと同じ目線に並んでみたかったんだ。そんなこと無理だと思いつつも背伸びしているうちに、フユねぇはとっくに手の届かないところへ行ってしまった。

でも、そんなの関係なく、ここにいる。たった一人の俺の幼馴染《おさななじみ》なのだから。

「ありがとう。フユねぇ、俺さ。…………ずっとこうやって本気になれる、本物が欲しかったんだ！」

否応《いやおう》なく、頬が綻ぶ。

あぁ。やっと、やっと言えた。

フユねぇは嗚咽がある程度落ち着いてから、こう言って俺に、堂々とフユねぇが真ん中で踊っているダンス練習動画を見せてくれた。

「私もね、蓮に報告があるの。私、すごいのよ？　次のシングルでもセンターを任されることが決まったんだから！」

センターのフユねぇはキラキラしていて、別世界の人間みたいで、でも本当はそれが、泥臭い努力で出来ていると知っている。

アイドルが煌《きら》めきだけで成り立つわけがないと、俺はもう知ってしまった。

「香澄ミル不在のcider《サイダー》×ciderじゃ売れないなんて言ってるやつ、全員分からせてくるわ。こんなもの見せられたら、弱音なんて吐いてる場合じゃないもの！」

「それは、すごいな。応援してる」

応援してる。いつもの言葉に、きちんと心を込められたのはいつぶりだろう。

フユねぇはどんどん遠くなっていくのに、それでも寂しくないと思えたのは、どうしてなのだろうか。そんなの上手《うま》く言葉に出来ないけれど。

「応援してるよ。ライブも、絶対行く。一番目立つところで、ふゆちゃんって叫ぶよ！」

大事なのは、あの瞬間。俺にアイドルになると言った瞬間に。

フユねぇも俺と同じ気持ちだったのかもしれないと、やっと気づけたことだから。

その後。フユねぇは「マネージャーさんに早く戻ってこいと怒られた」と言って、帰る準備を始めた。

俺はそれを、まるで夢のように眺めていて。

「私たち、いつか一緒に仕事出来たらいいね」

ハッと我に返ることが出来たのは、フユねぇがそう言って車に乗り込んでいった時だった。これからは、何も考えずにライブに行ける。琴乃にだって話せるし、香澄との話題に出ても、変に緊張することもない。

そして、フユねぇの思わせぶりな発言はなくなるのだろうと、何故《なぜ》だかそう思った。

「…………好きだったなぁ」

フユねぇはきっと、俺の初恋だった。

部屋に戻ってパソコンを閉じる。

そして、空気の入れ替えをするために部屋の窓を開ける。

部屋に残っていた甘いバニラの香りは、夜風と混ざって消えていった。

Side：白樺冬華《しらかばふゆか》

「ふわぁあああぁぁあああああぁぁん…………ッ！」

すっかり蓮の家が見えなくなったあたりまで車を動かして、道路沿いに停めた。

何かが、終わってしまった。私と蓮の何かが。

今まで必死に繋《つな》ぎ止めていたそれは、案外脆《もろ》かったらしい。

「認めたくっ、ない。すごすぎるから絶対、認めないっ……！」

蓮の映画は、素人《しろうと》っぽかった。

私が普段いるような、洗練されたプロ特有のものとはまるで違っていた。

それなのにエンドロールが流れた瞬間、意味も分からないまま、泣き出してしまった。

なんで私、あの中にいないんだろう。エンドロールに名前、載ってないんだろう。

どうして私は全て終わってから知らされるんだろう。仲間じゃなくて、一歩引いたところにいないといけないんだろう。

「そんなの」

――――私が蓮よりもアイドルを選んだから。

いつだって辞められると思っていた。

だってアイドルになったのは蓮に憧れてもらうためだけで、向いていたから選んだだけ。なりたかったわけでもない。それなのにセンターに選んでもらった瞬間、蓮のことも一瞬吹っ飛んでしまうぐらい、嬉しかった。

映像の中で、みるふぃーは見たこともないような自然な微笑《ほほえ》みを浮かべていた。

……………心の奥底から、勝てないと思った。涙が出た。

感傷的なお話ね、と。そう言った時は、とびっきりの嫌味を言ってやるつもりでさえいた。どうにかして蓮にこっちを向いて欲しかった。

みるふぃーに負けたくなかった。

でも、いざラストを迎えたら、口から出てきたのは嗚咽だけだった。

だって、ずるい。あんなの。あんなラスト。まるで私に言ってるみたいだった。

アイドルはただ、蓮に忘れられないように、続けていただけなんて。

「……………そんなわけ、ない」

他で替えがきくようなら、私だってとっくにアイドル、辞めてるもの。

あの何事もつまんなそうな顔をしていた蓮が、泣きじゃくる私を見て、これ以上ないほど嬉しそうに笑うんだもの。

そんな顔を見たのは、初めてだったんだもの。

蓮は私を見てくれないって、視線を奪おうと必死だったけれど、途中から何も見えなくなっていたのは私の方だった。

いつも私を見てもらうことに精一杯で、蓮の幸せを考えたことがなかった。

映画を見て、そのことにやっと気がついた。蓮が欲しかったのはこれだったんだって。

それを埋めたのは私じゃないって。

「私の知らない言葉で話さないでよッ……！」

知らない顔で笑わないでよ。知らない人みたいじゃない、なんて思って。

これだけ離れていたんだから、知らない人になっていて当然か、と思い直すと、ズルリと身体《からだ》から力が抜けてしまった。

満足した、というのもあるだろう。蓮が大事に作り上げた作品を見せてくれて、私を応援していると言ってくれて。いつもどこか蓮を遠く感じていたけれど、今日、蓮の想いを聞いて、蓮の心の中には、想像以上にちゃんと私がいるって分かったから。

力が抜けた勢いのままハンドルに倒れ込んで、流れてきた髪の毛が視界を埋める。

私はそのまま目を瞑《つぶ》った。

「私の知ってる蓮は、どんな子だったかしら」

現実とズレたその姿を、いい加減認めないといけない。

だって蓮はもう、私の後ろをついてまわっていた小さい子なんかじゃないのだから。

何も出来なかった私が、なんでも出来る蓮に尊敬されてるのが、嬉しかったの。

だから、ずっと私を見て欲しくて、でも叶《かな》わないだろうから、絶対に蓮が追いつけない場所で輝いてやるって決めた。

「……恋じゃないなら、なんなんだろう」

自己承認欲求。庇護《ひご》欲。執着心。

どの言葉もこの感情を飾るには足りないから、もどかしい。

でも今は、この気持ちがなんだったにしろ、名前をつけないままそっとしまっておいたっていいと思う。いつか供養《くよう》出来る日まで、大切に、胸の中にしまっておくのだ。

強いて言うなら、大切だった。誰よりも。あの幽霊のように、自分が報われることばかり考えていた私が、蓮が幸せならそれでいいか、と思ってしまうほど。

蓮は『本物』が欲しかったのだと言っていたけれど、それは私だってきっと、同じだった。

私にしか出来ないことが、私だけの居場所が欲しかったの。ずっと私以上に上手く出来る人ばかり、周りにいたから。

でもきっと、そうじゃない。

だってあの蓮の幼馴染は、この世の中に私だけなんだから。そのことだけで特別だった。

――――今の私には、それだけで十分満足だった。


メイクよし。髪型よし。表情よし。衣装よし。

控室でライブの準備をしている時は、いつも緊張する。

私は鏡に映る私の姿を見て、口角を上げた。

「よし、今日も可愛《かわい》い！」

ツアー中だなんて言ったら蓮に怒られるだろうから言わなかったけれど、今、cider×cider は絶賛ツアー中なのだ。昨日は帰ってからすぐ目元を冷やしたから、腫れることもなく、メイクのりもバッチリである。

招待もしていないし、私から言うことはないけれど、どこかのニュースで知って、そんな状況でも蓮に会いに行った私のことを大事に思うといい。そして、申し訳なく思うといい。

そんなことを思いながら、用意されたマイクを握る。

海のような深い青色。アイドルはピンク色が王道なのかもしれないけれど、このグループのセンターは、今日から私だ。

「準備いい？　始まるまであと五、四、三、二――」

カウントが始まる。

それからはもう、いつも一瞬だ。

ステージに立つ。サイリウムの光を全身に浴びる。

それもいつものこと、なのに。

「あ、れ」

イヤモニの音が耳に入ってこないぐらい、ファンの声が聞こえる。

いつも客席に蓮を探していたのに。蓮としか目が合わなかったのに。

それなのに、今日は、観客一人一人と目が合うのだ。

それが心地よくて、ここ《ステージ》が私の居場所だって言われているみたいで、ギュッとくすぐったいような気持ちになった。

――アイドルって、こんなのだっけ。

みるふぃーがセンターだった頃の大歓声を耳が覚えている。

なんであの時、あの子が辞めることを許してしまったんだろう。私、こうして幻影を追い求めることしか出来ないじゃない。いない人物を超えることは、出来ないじゃない。

辞めてくれて良かったと思う反面、みるふぃーが辞めてからずっとそんなことばかり考えて生きていたのに、今日の客席を見ていたら、それはそれでいいかと、そんな気持ちになってしまった。

蓮の幼馴染でいるためにずっと、自分を追い込んできた。なりふり構わずアイドルにこだわった。そんな中だからって、何の感情も芽生えない、わけがない。

私にとってアイドルはもう、それだけじゃない。

もっと cider × cider をたくさんの人に知って欲しい。

メンバーと新しい景色が見たい。それこそ、みるふぃーが見られなかった景色を。みるふぃーでさえ、知らない高みを！

思えば結論は出ていたのだろう。そんなに蓮が大事なら、みるふぃーに取られたくないなら、アイドルを辞めれば良かったのだ。

そもそもアイドルは恋愛禁止なのだから。

それでも辞めなかったのは。本当は大好きだったみるふぃーを蓮に紹介したのは。

こうしてここで歌っているのは、ただ。

「……ありがとう、蓮。私に本物をくれて」

今は、私のためだけにサイリウムを振ってくれるファンのためだけに、歌いたい。

だって私は、こっちの道を選んだから。

私は私として生きていかないと、やってられないから。

「みんな――！　ッありがとう‼」

こんな私を、日陰者な私を、焼けこげそうなほど眩《まばゆ》い光の真中で、輝かせてくれて。

受け入れてくれてありがとう。


ねぇ、蓮。私をアイドルにしてくれてありがとう。

私ね、今まで生きてきて、こんなに、人に愛してもらう人生になるなんて思ってなかったの。

「私じゃ、幸せに出来なかったんだなぁ」

だから、悔しいけど。幸せになってね、とは言わないけど。

あなたの一番の憧れ《アイドル》は、ずっと私でありますように。

そう、あれますように。

十一・夏の終わり、君との始まり

フユねぇが東京へ帰った翌日の夜。

俺は、琴乃《ことの》に電話をかけていた。

「もしもし?」

「もしもし。何ですか、急に」

その声のトーンはいつも通りで。

いつも通りすぎるから、固めたはずの決意がちょっと揺らいでしまう。

「あのさ、映画、完成したわ」

「本当ですか！　いつ出来たんですか?」

「昨日の夜」

「そうなんですか。じゃあ文化祭の時みたいにＬＩＭＥで送ってくれたら良かったのに」

確かにその通りだ。

でもそうじゃない話がしたいから、電話をかけているわけで。

「あー、でも。直接見せたいかなって。だからさ、明日の昼とか……」

「私、今日忙しかったんですよ」

「え？」

「お昼からcider《サイダー》 × ciderのライブがあって。今日のふゆちゃん、すごかったんですから。いつもパフォーマンスはすごいんですけど。いつもの切羽詰まった感じじゃなくて、私たちを包みこんでくれてるって感じで。そうだ、二作連続での新センター楽曲も発表されたんですよ！　もうセンターは不動って言われてますし！」

「そう、なのか」

確かにフユねぇは、明日仕事がある、とは言っていたが、まさかライブだとは思っていなかった。これはあとで改めて、そんな状態でも来てくれたことへのお礼と、ライブ成功祝いを連絡せねばならない。

「cider × ciderってみるふぃーが抜けてから結構落ち込んできてたんですけど、前回の曲がメガヒットしてから、かなりいい方向に向かってるんです！　これはみるふぃー超えも夢じゃないいんじゃないかって」

「そんなにすごいんだ」

「はい。それはもう。みるふぃー在籍の時でさえ出来なかった、オリンピックを開催するような会場ですらライブが決まるって噂《うわさ》もあるんですよ？　私、嬉《うれ》しくて嬉しくて。もちろん客席からの距離は遠のくけど、今のふゆちゃんなら見つけてくれるから！」

琴乃は活《い》き活きと言葉を続けた。

「しかも、一人参戦じゃないんですよ。誰だと思います？　お父さんです。私と一緒に行ってみたいって言い出したんですよ。ビックリじゃないですか？」

「琴乃、なんか今日」

「はい。私、今日とっても良いことばかり起こった日で。疲れてるんです。明日会えません。だから、っ」

空回ったような元気な声が、スマホの向こうで震えた。

「だから……！　振るならさっさとしてくださいッ」

全部、バレていた。

分かっていて、琴乃は電話を取ってくれたのだろうか。

「………うん」

これ以上恥をかかせるわけにはいかない。

俺は覚悟を決めて口を開いた。

「香澄《かすみ》のことが好きなんだ」

「……はい」

「明日、告白しようと思ってる」

「…………」

「だから琴乃とは、付き合えない。ごめん」

「っ分かって、ました。知ってますよ、そんなこと。柏木《かしわぎ》くん、どこにいてもっ、瞳がミルを追いかけてますもん」

電話で良かった、と思ってしまう俺は卑怯《ひきょう》者だ。

目の前に琴乃がいたら、ハッキリ言うことは出来なかったかもしれない。

でもそれは、大事な友達だからであって、俺が好きなのは香澄だから。

「柏木くんのことが、好きでしたよ。今も好きです。大好き」

「……ありがとう」

「はいっ……！　最初から傷つくと思ってた恋だったけど。私、柏木くんを好きになれて良かったです」

琴乃はそれだけ言って、電話を切った。

そのあとＬＩＭＥで送った映画を見たであろう琴乃から来た連絡は、『ミルにフラれても慰めてあげませんからね』という辛辣なもので。

俺は、そんなこと知ってるわ、と呟《つぶや》いてベッドにスマホを放り投げた。

それなのに、その途端に通知が鳴る。

「………なんだよ」

もそもそとスマホを拾いに行くと、追加でこんなメッセージが届いていた。

『私、柏木くんの友達やめてあげませんからね』

「こちらこそだわ」

目頭が熱くなるのを感じながら、俺はスマホのロックを解除してＬＩＭＥを起動した。

緊張で寝られない夜を越え、ついに今日がやってきてしまった。

香澄と出会った高台の公園で、『おはよう、幽霊』を見直しながら、最初に交わした言葉は何だったっけ、とぼんやり考える。あまり詳しくは覚えていないが、アイドルオーラ全開だったことだけは確かに覚えている。

そう考えると、今の香澄は本当に、随分成長したものだ。

この映画はもう、昨日の夜コンテストに出した。

それなのに今更ここはこうだったかもとか、ああした方が良かったかもとか、いらない不安がポコポコ湧き出てくるから嫌だ。

「やっぱり、好きだな」

白いワンピース姿の香澄の姿がスマホの画面に大きく映る。

他の誰にも見せたくないけれど、全世界の人に見て欲しくなるほど自慢したい。

よく分からない矛盾した感情が渦巻いて、苦しいから、早く来てくれないだろうか。

俺が進まない時計の針と睨《にら》めっこしていると、不意に、甘ったるさが随分減った声が降ってきた。

「おまたせ。待った？」

「……全然」

「ウソだ。蓮《れん》くんの腕に葉っぱ乗ってるよ」

香澄は、夏らしいカジュアルな装《よそお》いで、俺が座っているベンチの横にある、桜の木の根元に立っていた。そして、すっと桜の木を指差す。

「桜は、好き。春が好き。たこ焼きも好きで、学校も好きで、映画も好きになった」

「おー――。すごい。大分ハッキリしてきたんだな、香澄自身のこと」

「うん。……プロデュースされてるうちに、ハッキリした」

そう言って、嬉しそうに笑って。

「私、もう、君なしじゃ生きられないぐらい、君に影響されてる」

「え？」

「私の軸には蓮くんがいるの」

桜を差していた指を、俺の方に向ける。

「蓮くんが私に『これから』をくれた瞬間から、私の毎日には蓮くんがいる」

「………ちょ、待て香澄」

違う。違うだろ。今日は俺から――――！

「ずっと思ってたんだけどさ。いつまで私のこと香澄って呼ぶの？　名前で呼んでよ」

「っあの」

「どうせ名字は一緒になるんだし？」

「はい⁉」

どうしちゃったんだ、今日の香澄は。

頬が真っ赤になっている。まるで熟したリンゴのようだ。

それなのに、止まる気はないらしい。

「つまりね、その。もう分かってると思うんだけど。私は蓮くんが頑張る理由になりたくて、ずっと隣にいたくて、だから」

言い淀《よど》む香澄の緊張が伝染するように、俺までじっとり汗ばんできた。

「だからッ……」

香澄はそこまで言って、喉奥まで迫《せ》り上がっていた言葉を飲み込むように、深呼吸をした。そして、呆《あき》れたような顔をして、柔らかそうな自分の頬をぐいっとつねる。

「ダメだね。どこかで聞いたアイドルのセリフじゃなくて、私だけの言葉で届けなきゃ」

俺から好きだと言いたかった。

そんなこと言い出せないぐらい、香澄は覚悟を決めた目で俺を見ていたから。

黙って、どんどん赤みを増していく香澄の目を真《ま》っ直《す》ぐ見つめた。

「ッ……すき、です。だいすき。ファンじゃ、なくて。恋人になってよ」

こんなの、答えはもう決まっている。

俺はその場で立ち上がり、潤んだ目で俺を見上げているミルを抱きしめた。

ドクドクうるさい、俺の鼓動の音が聞こえるように、思いきり。

あとがき

はじめまして、もしくはお久しぶりです。

飴月《あめつき》と申します。

前巻に引き続き、『となドル』（略称）をお手に取ってくださりありがとうございます。

すっかり夏服になったミルが眩《まぶ》しくて、嬉《うれ》しくて、編集さまから表紙イラストを見せていただいた時は一日中眺めていました。ひまわり畑、最高。

前回がミル回だとすれば今回は琴乃《ことの》回のつもりで書いたのですが、琴乃は個人的に一番普通の女の子だと思っていて、普通の女の子だからこそ感じる痛みや苦しみなんかが表現出来ていたらいいなぁ、と思います。

私は、自分は可愛《かわい》いと気づいている女の子が好きなので、ミルは本当に書いていてとても楽しい子で、だからこそ琴乃はしんどいだろうなぁと思ったりもして、琴乃視点を書いているときはずっと胃が痛かったです。琴乃、とにかく幸せになれ……！

先日アイドルのコンサートに行ったときに、会場全体がサイリウムの光に照らされているのを見て、ミルと冬華《ふゆか》はこんな景色の中にいるのか、と改めてしみじみと感じました。そして、その光の中からしか見えない景色がきっとあるんだろうな、と思うと、冬華を思い出して苦しくなりました。

アイドルはとても遠い存在だけれど、この作品の中で、冬華には一番愛着があります。二巻を出すのが初めてなので、展開に迷ったりもしたのですが、どのキャラクターも個性豊かで、書いていてとても楽しかったです。

最後に謝辞を述べさせていただきます。

何度も真剣に打ち合わせしてくださった編集さま。

夏服になったミルたちを、透明感たっぷりに描いてくださった美和野《みわの》らぐ先生。

何故《なぜ》執筆時に気づかなかったのか分からない矛盾を指摘してくださった校正の方。

印刷所の方や営業の方など、本作の出版に関わってくださった皆さま。

そして何より、今このあとがきを読んでくださっているあなたへ心からの感謝を。

本当に本当にありがとうございました！

二〇二二年八月　飴月

お便りはこちらまで
〒一〇二－八一七七
ファンタジア文庫編集部気付
飴月（様）宛
美和野らぐ（様）宛

富士見ファンタジア文庫

隣《となり》の席《せき》の元《もと》アイドルは、
俺《おれ》のプロデュースがないと生《い》きていけない2

令和4年10月20日　初版発行

著者——飴月《あめつき》

発行者——青柳昌行
発　行——株式会社KADOKAWA
〒102-8177
東京都千代田区富士見2-13-3
0570-002-301（ナビダイヤル）
印刷所——株式会社暁印刷
製本所——本間製本株式会社

ISBN978-4-04-074765-1 C0193　◇◇◇

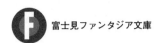

切り拓け！キミだけの王道
ファンタジア大賞
原稿募集中！
賞金
《大賞》300万円
《金賞》50万円
《銀賞》30万円
選考委員
細音啓 「キミと僕の最後の戦場、あるいは世界が始まる聖戦」
橘公司 「デート・ア・ライブ」
羊太郎 「ロクでなし魔術講師と禁忌教典《アカシックレコード》」
ファンタジア文庫編集長
前期締切 8月末日
後期締切 2月末日
公式サイトはこちら！ https://www.fantasiataisho.com/
イラスト／つなこ、猫鍋蒼、三嶋くろね